KB035313

나와 당신의 거리

나와 ⋯ 당신의 ⋯ 거리

· 김정한 지음 ·

아날로그 감성으로 만나는

김정한의

두 번째 사랑에세이

미래북
miraebook

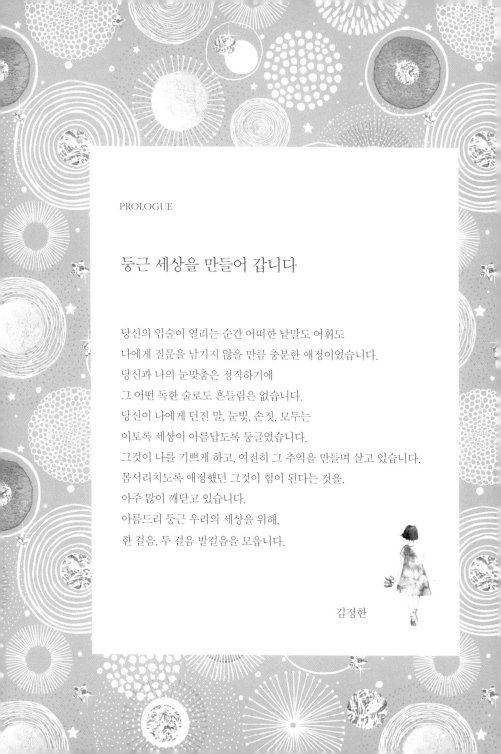

둥근 세상을 만들어 갑니다

당신의 입술이 열리는 순간 어떠한 낱말도 어휘도
나에게 질문을 남기지 않을 만큼 충분한 애정이었습니다.
당신과 나의 눈맞춤은 정직하기에
그 어떤 독한 술로도 흔들림은 없습니다.
당신이 나에게 던진 말, 눈빛, 손짓, 모두는
이토록 세상이 아름답도록 둥글었습니다.
그것이 나를 기쁘게 하고, 여전히 그 추억을 만들며 살고 있습니다.
몸서리치도록 애정했던 그것이 힘이 된다는 것을,
아주 많이 깨닫고 있습니다.
아름드리 둥근 우리의 세상을 위해,
한 걸음, 두 걸음 발걸음을 모읍니다.

김정한

CONTENTS

PROLOGUE 005

1 그대는 나무, 나는 꽃

그대는 나무, 나는 꽃 1 014 • 그대는 나무, 나는 꽃 2 016 • 그대는 나무, 나는 꽃 3 019 • 사랑은 열린 문이라는 것 020 • 사랑의 확신 022 • 그리움의 본질은 침묵 025 • 행복한 사람 027 • 견디다 028 • 귀가(歸家)하지 못한 그리움 029 • 한결같이 흔들렸으면 030 • 사랑에 빠지면 032 • 너를 마신다 033 • 달처럼 따뜻하고 싶다 034 • 나는 너를 앓고 너는 나를 앓고 있다 036 • 맘껏 사랑하자 038 • 사랑, 아름다운 혼돈 041 • 미치도록 사랑하자 044 • 내 걱정 말아요 045 • 그해 여름은 참 뜨거웠습니다 046 • 아름답게 젖습니다 048 • 사랑하고 싶습니다 049 • 그리울 때에는 지하철 1호선을 탑니다 050 • 응원할게요, 나와 당신을 위해 051 • 길 밖으로 그리움이 흘러갑니다 052 • 봄의 정원으로 오라 054

2 취하라,
그것이 해답이다

취하라 058 • 희망 속으로 간다 060 • 3월, 마음을 움직이는 달 062 • 한계를 넘어 064 • 눈물이 난다 065 • 마법에 걸리는 순간 066 • 토닥토닥 힘내 067 • 이 죽일 놈의 사랑 068 • 아프지만 그립다, 미치도록 069 • 보통의 존재, 보통의 행복 070 • 서로에게 꼭 필요한 존재가 되도록 072 • 넌, 지금 내가 기다리는 간절한 꿈 076 • 무엇이 될 수 있는 사람 079 • 시간아! 미루나무야! 080 • 끝은 시작 082 • 괜찮아, 힘내 084 • 우체국을 지나며 085 • 원하는 것에 따라 086 • 언제까지 나는 087 • 살다 보면 088 • 너를 내 가슴에 안는다 089 • 종착역, 출발역 091 • 홀로 걷는 달 092 • 봄이 내리는 정원으로 094 • 나의 목적어를 향해 비상하자 096 • 행복하자 100 • 지난했던 시간이 지나가고 102 • 그를 만나러 간다 105 • 두 번은 없다 107

3 미움은 햇빛에 바래고
  그리움은 월광에 물든다

헤어지고 있는 중 110 • 당신이라는 두 글자 111 • 낯선 봄 112 • 안녕, 잘 살아 114 • 목적지에 도착하지 못했다 116 • 다시 아픔 118 • 바람이 분다 119 • 어디를 가든 네가 있다 120 • 보들레르의 말처럼 121 • 애정의 법칙은 때로는 몸을 숨기며 122 • 하루치의 욕망을 애정한다 123 • 가을이 진다 124 • 생을 반듯하게 증명하며 가리라 126 • 너는 없는데 난 여전히 너를 앓고 있다 128 • '커피하우스'는 영원히 늙지 않을 것이다 130 • 이별식 132 • 흔들리는 밤 136 • 이별, 나를 찾아 유랑할 것이다 138 • 숨어 우는 그리움 1 140 • 숨어우는 그리움 2 142 • 어떤 인식 143 • 그날이 오면 144 • 이제는 145 • 애정이 떠나가고 있다 146 • 내 삶의 전부였던 사람 147 • 기다림의 장례식 149 • 추억이 길이 되어 150 • 형벌을 감할 수 있다면 151 • 길은 내게 잊으라 합니다 152 • 거리의 악사가 되어 154 • 먼 훗날 156

4 생의 성숙은
천천히 이루어진다

산다는 것은 기다림과 여행하는 것이다 160 • 생의 성숙은 천천히 이루어진다 162 • 카르페 디엠(carpe diem) 164 • 그래서 떠났다 166 • 아모르파티(Amor fati) 167 • 푸른빛 희망을 만나러 정선으로 간다 1 168 • 푸른빛 희망을 만나러 정선으로 간다 2 170 • 해답을 찾아서 172 • 나를 돌아보는 시간 173 • 2월은 환승역 174 • 마지막 인사하는 날에는 176 • 한 걸음이 모여 내 길을 여는 것이다 177 • 기억을 걷는 순간 179 • 눈 오는 날의 풍경 181 • 기억의 창고에는 풍금이 있다 182 • 크리스마스 날에 183 • 그분의 말 184 • 말의 본능 185 • 가면을 벗어던지면 186 • 자신감을 갖자 188 • 흐르는 강물처럼 189 • 비상 191 • 산다는 것은 견디는 것이다 192

5 나는 느리게 가는 사람, 그러나 뒤로 가지는 않는다

오늘도 여전히 너를 걷고 있다 199 • 빛, 돌려줄 수밖에 200 • 가질 수 없는, 이루어질 수 없는 202 • 마음이 다 자란 어른이 되기까지 203 • 어린 잎새 204 • 오늘만큼은 206 • 두 시와 네 시 사이 207 • 생의 한가운데에서는 208 • 궁금하다 209 • 끌어당김의 법칙 210 • 내가 사는 이유 211 • 고정관념 내려놓기 212 • 본능에 충실할 뿐 213 • 왜 내 맘대로 안 될까 214 • 이 길의 끝은 어디일까? 216 • 취해 젖는 세상 217 • 묘연하지만 218 • 어디로 가야 하나 220 • 질긴 그리움 221 • 과거 속에 나를 가두지 말자 222 • 그때는 왜 몰랐을까 224 • 사랑해서 행복하다는 말 227 • 월광(月狂)에 물들고 228 • 내밀(內密)한 만족 229 • 길을 만드는 아이들 232 • 길을 만드는 사람 234 • 오래도록 사랑하는 법 236 • 여행 238 • 나는 또 누구의 희망이 될까 240 • 운명인 듯 242 • 가지 않은 길 244

EPILOGUE 247

헤르만 헤세

새는 알에서 나오려고
투쟁한다.
알은 세계이다.

태어나려는 자는
하나의 세계를
깨뜨려야 한다.

그대는 나무,
나는 꽃

그대는 나무,
나는 꽃 1

가로수 길을 걷다가
우연히 당신을 닮은 사람을 만났습니다.
나도 모르게 발걸음이 멈추고 말았습니다.
심장이 쿵쿵 소리를 내며 눈에는 눈물이 고였습니다.
금방이라도 두 볼을 타고 흘러내릴 것 같아
나도 모르게 손등으로 눈물을 훔치며 하늘을 올려다보았습니다.
동그란 당신의 얼굴이 하늘을 가득 채웁니다.
내 안에 자리한 과거의 당신이 현재의 당신을 부르고 있습니다.

당신이 죽도록 그립습니다.
해바라기 같은 당신의 환한 미소, 당신의 따스한 손길.
당신의 하늘같이 넓은 포근한 마음이 미치도록 그립습니다.

당신이 떠난 빈자리가 이렇게 클 줄은 정말 몰랐습니다.
내 안에 자리한 푸른 나무가 가끔씩 흔들릴 때는 힘이 듭니다.
당신이 보고 싶어, 당신이 그리워 견디기가 힘이 듭니다.
내 심장 한쪽을 마비시킨 당신,
서로에게 꽃 물들다가 서로를 위해 꽃등이 되었던 우리,
가는 길마다 꽃길로 시간을 밝혀주던 당신이 그립습니다.
간절함은 화석이 되어 단단한 그리움으로 남았습니다.
오늘도 신이 그리워 우두커니 길 한가운데 서 있습니다.
같은 하늘 아래 산다는 것만으로도 위로가 되지만
단 한 번 우연이라도 마주칠 수 있다면 참 좋겠습니다.
나를 사랑하던 당신이 오늘따라 무척 그립습니다.
이렇게 간절함을 담아 바람에게 안부를 전합니다.
당신 잘 계시냐고, 참 많이 그립다고.

그대는 나무,
나는 꽃 2

생일날 홀로 정선을 찾았습니다.
허름한 민박집에서 고구마를 구워 먹기 위해 난로에
장작을 집어넣었습니다.
타닥타닥 타들어가는 장작소리와 함께 불꽃이
사방으로 퍼져 나갑니다.
불꽃이 무로 번져갈수록 빛나는 당신의 눈동자가 선명히 다가옵니다.
당신이 쏟아낸 무수한 희망의 말들이 불꽃과 함께 다가옵니다.
밀려왔다 쓸려갔다 흐르다가 멈추다가 원칙을 깨며 춤을 춥니다.
당신과의 추억이 자꾸만 흐려지고 가난해집니다. 또 쓸쓸해집니다.
아마도 나이가 든 탓이겠죠.
화려했던 순간을 생각하면 여전히 설레고 풍요롭습니다.
추억할 수 있는 기억이 많다는 것은 분명 열심히 살았다는 증거겠죠.
홀로 생일을 보낸 이 순간도 어떤 의미로든 기억이 되겠지만,
오래도록 평화로운 날로 기억되길 바라는 마음입니다.

생일 즈음에 당신이 보낸 장문의 메일 잘 읽었습니다.
편지함을 언제 열까를 두고 한참을 망설였습니다.

메일에 적힌 당신 질문에 대한 나의 답은

같은 마음이라는 것입니다.

오늘따라 찰리 채플린이 연인 우나 오닐에게 한 말이 생각납니다.

"세상에서 단 한 사람에게만 느낄 수 있는 것이 사랑이다."

해묵은 기억들이 돌부리에 걸려 넘어지고서야 그리워집니다.

묻어야 할 추억, 뒤엉킨 그리움까지도 분홍빛으로 물듭니다.

아픈 사랑의 기억에도 여전히 그리움은 비처럼 내립니다.

내 무의식 너머에도 여전히 당신은 나를 바라보고 있나 봅니다.

고였다 흩어지고 흐르다가도 변해가는 사랑이 그리운가 봅니다.

당신에게로 방목한 사랑 때문에 참 행복했습니다.

먼빛이 되어 보이는 당신의 나라에는 여전히 백일홍이 만발하겠죠.

당신이 머무는 그곳은 여전히 아름답겠죠.

우연이 필연이라면 바람에 흔들리며 꽃을 피우는 백일홍처럼

언젠가는 서로의 흰 뿌리에 닿을 수 있겠죠.

댓잎같이 푸르게 소나무처럼 당당하게 뿌리를 내리겠죠.

가끔 슬픈 현실에 부딪치면 행복한 순간을 밀어내며 살아가지만,

파도처럼 잠시 출렁이다 사라질 순간이지만 그럼에도

고단했던 것보다 가장 즐거웠던 순간이 더 오래 기억되었으면 합니다.

정선의 민박집은 서울의 아파트 숲과 달라,

활활 타오르는 섬광 같은 장작 불꽃이 아니면

시골의 밤 풍경은 온통 새까맣습니다.

겨울바람에 날아가는 불씨는 하늘로 날아가

반짝이는 별이 될 듯합니다.

가족, 사랑하는 것들을 포함하여 내가 지켜야 할 것들을

욕심 부리지 않고 소중히 보듬고 살아온 나에게

내일 다시 고단한 일상을 맞이하더라도

평화롭게 흘러가는 이 순간을 느끼고 싶습니다.

생일날 정선의 민박집에서 낯선 고구마와

인스턴트 봉지 커피를 먹으며

외롭지만 고독을 즐기며 나를 돌아본 시간도

오래도록 기억되리라 믿습니다.

일상이 아무리 외롭거나 힘들거나 지쳐도

삶의 마디마다 찾아오는 착한 쉼의 시간이 있기에

산다는 것은 여전히 희망적이란 생각을 합니다.

심장에 각인된 푸른 눈빛을 떠올리며 흘러갑니다.

물밑에서 흐르는 물처럼 나는 당신으로만 흐릅니다.

가늘게 퍼지며 시들어가는 불꽃 사이로

어렴풋이 당신의 미소 짓는 얼굴이 보입니다.

같은 하늘 아래 어딘가에서 잠을 청하고 있을 당신에게도

평화가 깃들기를 바랍니다.

그대는 나무, 나는 꽃 3

어제는 떠나지 못했습니다.
그래서 새벽에 기차 소리를 듣지 못했습니다.
오늘은 용기를 내어 떠나고 있습니다.
지금 기차 소리를 듣고 있습니다.
아주 기분이 좋습니다.
곧 기차가 떠날 준비를 합니다.
그 먼 종착역이 아니라
저기, 간이역을 향해 출발합니다.

사랑은
열린 문이라는 것

디즈니 애니메이션 겨울왕국Frozen의 OST에 보면
사랑을 이렇게 표현했다.
'사랑은 열린 문Love is an Open Door'
의도치 않던, 설렘으로 사랑은 시작된다.
사랑은 오묘한 감정을 품고 있다.
살갗 같은 언어로 촉촉한 간지러움, 살랑거리는 애교를 내품는다.
겉으로 드러내기 싫은 애절함도 품고 있어 묘한 마력이 있다.
쾌락, 그 이상의 무엇을 느끼고 또 갈구한다.
불쑥 느닷없이 나타나 고독에 빠뜨리게 한다.
외롭게 하다가도 사랑의 유희에 몰입한다.
이전까지 소중히 다뤘던 모든 배경들이 뒤로 물러나고
사랑이 삶의 배후가 되어 중심을 차지한다.
사랑은 머무는 동안 언제나 빛이다.
생각만 해도 가슴이 뛰고, 미소가 어린다.
'Love is an Open Door 사랑은 열린 문'
그렇게 사랑이 왔다.
모든 게 달라졌다.

아무 데서나 웃음을 흘리고 춤을 춘다.

하고 싶은 말이 많아지고 누구에게나 친절하다.

뛰고 있는 마음 안으로 그저 웃는다.

영문 모르는 새가 같이 웃고, 지나가는 행인이 웃는다.

얼굴에 생기가 돌며 빛이 난다.

내 목소리가 공기를 타고 너에게 도착한다.

따뜻해진다. 편안해진다. 마냥 웃는다.

사랑의
확신

사랑도 처음에는 '믿음'이라는 씨앗 하나로 시작된다.
그러나 씨앗이 자라
모두 나무가 되고 꽃을 피우지는 않는다.
정성을 다해 물을 주고 가꾸어야
향기도 있는 사랑나무가 된다.
가지를 치고 바람에 쓰러지면 다시 일으켜 세워
하염없는 정성을 기울여야
온전한 사랑나무로 태어난다.

사랑이라는 것은
내 안에 네가 있고.
네 안에 내가 있다.

"I am you."
"나는 당신입니다"라는
확신이 있어야 한다.

그리움의 본질은
침묵

'보고 싶다'는 것.
미치도록 그리워 '눈 감을 수밖에' 없는 그리움이 분명 있다.
얼굴 보고 하고 싶은 말들을 하고 싶고, 해야 하는데
할 수 없어 억지로 꾹꾹 눌러 삼켜야 할 때가 있다.
지독히 사랑하던 사랑을 지금 막 놓았다면.

그동안에 무심코 나눴던 눈짓, 손짓, 몸짓, 발짓을
망각해야 한다는 것,
보이는 혹은 보이지 않는 그의 모든 것들을 기억하지 않기 위해
눈을 감아야 하는 순간이 있다.

그래서 처절히 사랑하고 막 이별한 후에는 침묵한다는 것이다.
침묵으로 각인이 된 그리움을 견디는 거다.
보이는 것, 들리는 것, 모두를 견디기 위해 침묵한다.
손을 뻗으면 닿을 그곳에서 있더라도 침묵해야 멀어질 것 같기에
오로지 침묵한다.

꿈속에서조차 그를 만나더라도
처음부터 끝까지 침묵의 노래를 들려준다.
침묵이 그리움의 본질,
그리움이 한이 되어도 침묵한다.
그의 부재는 안으로, 안으로만 밀려드는 온갖 말들을
침묵으로 끌어안는다.
그리움의 본질은 침묵.

행복한
사람

행복한 사람이란,
원하는 일보다 지금 하고 있는 일을
원하는 사람보다 지금 함께 있는 사람을
원하는 곳보다 지금 머무는 곳을 좋아하는 것이
진정으로 행복한 사람이다.
마음이 평화로우면
행복은 그곳에 꽃처럼 피어난다.

견디다

젖은 구두에 물이 찬다.
무거워진 구두를 끌며 발이 부르트도록 걸었다.
그러나 그는 오지 않았다.
결국 이별인가 보다.

진종일 누런 황사 비 뿌리고
제비들은 낮게 둥근 포물선을 그리며 주위를 맴돌고 있다.
봄꽃은 피면 오는가 싶더니
발 닿을 틈도 주지 않고 쉬이 가버린다.

애틋한 사랑의 빈자리를 채워나가는 중에 마주하는 사실들,
그때 왜 그랬는지 이해하려 애쓰며 혼자 끄덕일 때마다 슬프다.
'없다'는 사실보다도 반드시 견뎌야 하는 '없음'의 서글픔 때문에.
코끝에 스미는 익숙한 냄새는 이렇게 불쑥,
함께 머문 커피하우스로 데려다 놓는다.

귀가歸家하지 못한
그리움

11월의 마지막 날,

빗방울의 교향곡이, 흐르는 시간까지 춤추게 한다.

새벽 2시, 조화로운 모든 것들이 정지된 순간

침묵이 흐른다.

그리움은 사방을 뛰어다닌다.

나를 찾아, 너를 찾아

시간이 멎었다.

네가 올 수 없는 이곳에, 웬일일까.

너의 그림자가 와서, 나를 보고 있다.

귀가歸家하지 못한 그리움은

새벽안개를 끌어안고 울부짖는다.

온몸이 시리다. 겨울이 비집고 들어온다. 머리끝부터 발끝까지.

얼음이 송송 온몸을 채운다.

영혼, 귀가歸家하지 못한 그리움까지 얼어버렸다.

한결같이
흔들렸으면

너를 생각하는 밤 11시,
헤르만 헤세의 '내가 만약'이라는 시가 떠오른다.

'내가 만약
사랑이 어떤 것인지를 알게 된다면
그것은
오직
그대뿐입니다'

창밖에는 눈이 꽃비 되어 내린다.
인디언 달력에는 3월을 '마음을 움직이게 하는 달'이라 했는데,
막 도착한 너의 이메일, 심장이 떨려서 확인하지 못했다.
녹턴의 나직한 호흡소리를 들으며 메일을 읽고 있다.
치명적인 그리움은 몸보다 마음이 먼저 너에게 달려가 안긴다.
햇살처럼 쏟아지는 지나간 추억들이 행간을 오가며 춤을 춘다.
언젠가 넌 윤중로를 걷다가 내 손을 꼭 잡으며 물었지.
'왜 나를 사랑하냐고.'

말하기도 전에 목이 메었지만,

너를 향해서만 춤추고 흔들리는 한결같은 영혼이라고 대답하고 싶었다.

그리고 바닷속만큼 깊디깊은 곧고 진실한 당신 마음 때문이라고.

말하기 전에 눈물이 흐른다.

흔들리며 잎이 피는 무화과나무처럼,

욕심내지 말고 서로의 흰 뿌리에 닿기 위해,

너는 나에게, 나는 너에게 한결같이 흔들렸으면 좋겠다.

오로지 너의 몸짓, 눈짓, 진심 어린 영혼의 결에만 흔들렸으면 좋겠다.

오래도록.

사랑에 빠지면

사랑한다는 의미는 세상에서 가장 특별한 우연을,
소중한 인연으로 만드는 것이다.
너의 하찮은 손놀림, 히죽거리며 웃어도
예뻐 보이고 행복하다.

마법사의 주문에 따라 움직이는 주인공,
마법사의 주문에 따라 웃고 우는 삐에로,
마법이 계속되는 동안
단 한 사람에게만 눈, 귀, 입을 열어 놓는 것이다.
마치, 한 방향으로만 흐르고 싶어 하는 물처럼
그게 사랑이다.

네가 나무면 나는 꽃
네가 나비면 나는 꽃
꽃이 나비를 기다리고
나비가 꽃을 찾듯,
사랑에 빠지면 꽃이 되고,
나무가 되고, 나비가 된다.

너를 마신다

너를 이해할 수 없음을 두려워하거나
이해하지 못함을 서글퍼할 때에는
너에게 부칠 수 없는 편지를 쓴다.
그래도 안 될 때에는
너에게 줄 내 언어로 살갗을 부비면서
잘 마시지도 못하는 술을 옆에 두고
가끔 추억 속의 너를 마신다.

달처럼
따뜻하고 싶다

까만 도화지 같은 하늘에,
둥근달 하나 떴다.
창백한 하늘을 환히 비춘다.
달이 중심이 되었다.
가을이 더 깊어 간다.
온기를 찾은 세상이다.

달에게 묻는다.
이 밤 그도 잘 지내는지.
아픈 데는 없는지.
밥은 잘 먹는지.

함께 달 보며
함께 느꼈던
그때 그날 그곳이 그립다.
오늘따라 둥근달이 더 동그랗다.
따뜻함이 그대로 전해지는 가을밤,
난 달에게 말한다.
오래도록 따뜻하고 싶다고.

나는 너를 앓고
너는 나를 앓고 있다

힘이 되어 주기 위해 너를 찾지만
너에게 힘을 얻고 돌아온다.
너를 만나면 내 얼굴에 빛이 난다.
몸이 가볍다. 영혼이 맑아진다.
구름 위를 걷는 기분이다.
모두가 깨끗하게 정리된다.
서로의 마음속을 들여다볼 순 없지만,
느낄 수 있는 네 마음은 아마 연둣빛일 거야.
시린 겨울 햇빛을 받아,
느리게 투명해진 연둣빛 풀.

그 결을 닮은 네가, 내 안으로 들어왔다.
수줍게 웃으며 사랑을 말한다.
미소까지 연둣빛이다. 향까지 상큼하다.
기꺼이, 가장 내밀한 곳으로 이끈다.
네 결에 물들어 나도 함께 춤춘다.
빛이 난다. 투명하다. 가볍다.
우리는 함께 구름 위를 걷고 있다.
서로를 비추며 물들고 깊어지며 춤을 춘다.
나는 너를 앓고 너는 나를 앓고 있다.

맘껏
사랑하자

'아, 누가 그 아름다운 날을 가져다줄 것이냐
저 첫사랑의 날을
아, 누가 그 아름다운 때를 돌려줄 것이냐
저 사랑스러운 때를.'
괴테가 쓴 '첫사랑'에 나오는 문구다.
생에 있어 최고의 발견은 사랑이다.
사랑은 원초적이고 본능이다.
사랑은 맹목적일 때 가장 순수하고,
이성적일 때 가장 이기적이다.
사랑한다는 것은 서로에게 관심을 가지며,
존중하는 거다.
릴케는 그의 시 '오월의 편지'에 이렇게 썼다.
'오월의 하루를 너와 함께 있고 싶다.
오로지 서로에게 사무친 채.'
그렇다. 사랑한다는 것은,
누구도 끼어들 수 없는 둘만이 호수에
풍덩 빠지는 거다.

서로에게 침몰되어 푹 젖어 취하는 거다.

누구에게나 사랑의 상자가 있다.

내 눈높이에 맞는 상자를 선택해야 한다.

사랑에 실패하는 이유는,

내 상자를 향해 달려가는 것이 아니라

세상이 만들어놓은 상자를 쫓아가기 때문이다.

자꾸만 위를, 먼 곳을 바라보지 말고,

능력, 적성, 환경에 맞는 상자를 찾아야 한다.

그래야 서로를 밀어내지 않고,

편안하게 끌어당기며 사랑하게 된다.

사랑도 내 그릇만큼의 몫이어야 수평을 이룬다.

시작은 쉽지만 지켜내는 것이 힘들다.

사랑하는 동안 천국과 지옥을 수시로 넘나들게 된다.

자존감에 상처를 입어 견디지 못하면 놓게 된다.

누구나 사랑을 원한다.

사랑은 고통을, 노화를 늦추게 하고

생을 긍정적으로 살게 한다.

사랑하지 않으면 성장도 없을 뿐 아니라,

삶의 의미를 느끼지 못하게 된다.

삶의 모든 결핍은 충분히 사랑을 받지 못해서이다.

결핍을 풍요로 채우고 싶거든 계산하지 말고
이유를 묻지 말고 마음이 이끄는 대로 사랑하자.
사랑은 아픔과 고통을 치유하는 유일한 약이다.
수백 명, 수천 명을 기쁘게 해주는 것보다
한 사람을 외롭지 않게 하는 것이 진정한 사랑이다.
사랑을 두려워 말자. 망설이지도 말자.
맘껏 사랑하자.

사랑,
아름다운 혼돈

'나뭇잎은 벌레가 갉아먹고,
사람 마음은 사람이 갉아먹는다'는 말이 있다.
한순간 나에게 칼을 들이댄 사람도,
사랑한다는 이유 때문에 용서하게 된다.
사랑은 사람을 들었다, 놓았다, 녹였다, 얼렸다 한다.
사랑은 움직이는 동사로 주변에 머물기 때문에
고통이 찾아와도 달콤한 입맞춤 하나로 견뎌낸다.
"사랑해"라는 한 마디가 피곤함을 씻어준다.
플라톤의 '향연'에 보면,
'운명 같은 인연은 새끼발가락에,
보이지 않는 붉은 끈이 묶여 있다'고 했다.
사랑에 빠지는 순간 밀고 당기기는 시작된다.
달아나고 싶어도 맘대로 안 되는 것은,
보이지 않는 끈이 서로의 새끼발가락을 묶고 있어서다.

사랑을 얘기할 때 해바라기를 연상한다.
해바라기의 전설을 보면 이렇다.

그리스 신화에 나오는 태양의 신,
아폴론을 사랑한 요정 크리티가
사랑을 받아주지 않는 아폴론을 매일 바라보다가
꽃이 되었는데 그 꽃이 해바라기란다.
해바라기의 꽃말은 영원한 기다림이다.
해바라기는 해만 바라보며 자란다.
사랑도 마찬가지다.
책임과 정성을 다해야 한다.
아니, 해바라기 마음으로 사랑하면 된다.
한겨울에 붉디붉은 꽃을 피워내는 마음으로
정성을 다하면 된다.
깊은 그리움으로 몸살을 앓을 정도로,
충분히 사랑하면 된다.
어떤 사랑을 하든 깨달음은 있다.
심장을 갉아먹을 만큼 아픈 사랑이든,
웃으며 잠들 수 있는 편한 사랑이든,
얻고 잃는 건 분명히 있다.

사랑하는 사람과 코발트색 바다를 배경으로
발그랗게 떠오르는 해를 보는 것,
어둑어둑해지는 저녁,

하얀 뭉게구름 속을 헤집어가며,
뉘엿뉘엿 서쪽으로 몸을 숨기는,
빛바랜 해를 보는 것도 행복이다.
사랑은 순례의 길이라 자격이 필요하다.
따뜻한 정성이 담긴 온전한 마음, 헌신적인 배려,
착한 희생을 감당할 수 있는 사람이다.
기쁨도 큰 만큼 아픔도 크다.
그래서 사랑은 아름다운 혼돈이다.

미치도록
사랑하자

사랑할 수 있을 때 사랑하자.
사랑은 기다려주지 않는다.
떠난 후에 후회해 봐도 소용이 없다.
떠난 후에 잡으려 해 봐도 잡히지 않는다.
떠난 후에 훑어봐도 돌아오지 않는다.
곁에 있을 때 아낌없이 사랑하자.
누가 더 많이 사랑하나 따지지도,
계산하지도 말고 맘껏 사랑하자.
마음이 시키는 대로 최선을 다해 사랑하자.
후회도, 미련도, 넘쳐흐르지 않도록.
이전의 상처가 깔끔히 덮이도록 사랑하자.
사랑의 상처는 새로운 사랑이 치유한다.
마음이 푸욱 젖을 때까지 사랑하자.
같은 곳을 나란히 바라보며 미치도록 사랑하자.

내 걱정
말아요

괜찮냐고, 잘 지내냐고 물을 것 같아 미리 말할게요.
혼자이지만 잘 지내죠.
전신을 적셨던 슬픔도 외로움도 말라가네요.
아마도 내일 모래쯤이면,
어둠의 터널을 나갈 수 있을 것 같아요.
부챗살로 쪼개지는 눈부신 햇살을 바라보며
"아, 살고 싶다"고 말할지도 모르죠.
꾸덕꾸덕 잘 말라가는 슬픔 덩어리 위로,
달콤한 기쁨 한 줌이 내려앉겠죠.
쇠사슬을 묶은 듯,
온몸을 칭칭 동여맨 칠흑 같은 이 어둠을 건디면
조금씩 커가는 푸른 연민이
내 몸을 감쌀 때마다 죄목이 하나씩 줄어들 테니까요.
그러니 내 걱정하지 말아요.
곧 괜찮아질 거니까.

그해 여름은
참 뜨거웠습니다

그렇게 당신은,
가까운 길을 두고 에둘러 먼 길로 나섰습니다.
나는 미리 준비해 둔,
꿋꿋한 견딤을 한 겹 두 겹 껴입었습니다.
깔깔한 슬픔이 파고들지 않도록.
나 역시 지름길을 뒤로하고 함께 다녔던
마트, 커피하우스, 작은 책방을 맴돌았습니다.
네온사인의 불빛 사이로 쏟아져 나오는 연인들,
그 사이를 우회하는 나에게
고무줄처럼 튀겨져 나오는,
한 자락의 그리움이 내 앞을 막아섭니다.
내가 흔들리는 이유는,
애정을 뿜어대는 연인들 사이에서
휘청거리는 내 유약한 신념 때문입니다.
서른 살의 애정은 용감했지만 창백하게 끝났습니다.

불더미 같은 욕망을 뒤로하면서도,

언제나 푸르고 깊었습니다.

당신을 만난 그해 여름은 참 뜨거웠습니다.

아름답게
젖습니다

애정이 낯선 풍경화로 보이기 시작했습니다.
나는 애정의 주어를 잃고 늙어가고 있습니다.
몸은 파릇한데 영혼은 죽어가고 있습니다.
선홍빛으로 물들어있는 그리움은
접혔다 펴졌다 합니다.
단단한 몸 위로 당신의 영혼이 스칩니다.
아아, 발갛게 단풍이 듭니다.
몸과 영혼이 하나가 되어 쏘개십니다.
크리스마스트리처럼 반짝입니다.
아름답게 젖습니다. 두 영혼이.

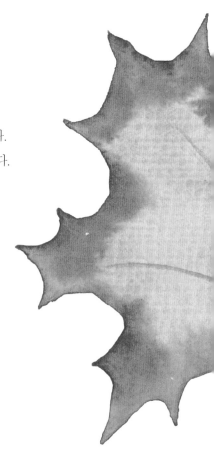

사랑하고
싶습니다

당신에게 감사보다는 사과가 부족했습니다.
당신에게 참 많이 소홀해서,
미안하다는 말을 많이 할 걸 그랬습니다.
그게 가장 많이 후회된다는 것을 느낍니다.
다시 당신을 만나 사랑하게 된다면
노인처럼 지혜롭게, 아이처럼 순수하게
투명인간처럼 대담하게 사랑하고 싶습니다.

그리울 때에는
지하철 1호선을 탑니다

당신이 그리울 때에는 지하철 1호선을 탑니다.

문이 닫히고 열리기를 수백 번 하다 보면

어둠이 푸르스름한 빛을 뱉어냅니다.

눈 밑이 서늘해졌다 밝아졌다 합니다.

기억 속의 그리운 이름들이,

저절로 소환되어 내 옆자리에 앉습니다.

그러나 그 사람도 잠시 머물다 노란 불꽃 속으로 사라집니다.

철컥철컥 계기판 돌아가는 소리에도 깜짝 놀랍니다.

끊임없이 사각대는 기계 작동 소리에

입과 몸에는 하얗게 곰팡이가 핍니다.

어쩌면 영혼까지 하얀 곰팡이로 번질지도 모릅니다.

당신과의 시간은 모두 신성한 모험이었습니다.

다시 거대한 허무로 걸어 들어갈 자신이 없지만,

지하철의 마지막 문이 열리면 익숙한 거처로 돌아가야 합니다.

당신을 내 옆자리에 남겨두고.

응원할게요,
나와 당신을 위해

사랑하면서 무릎 꿇지 않겠다고 다짐했는데
무릎을 꿇었습니다.
당신의 축 처진 뒷모습을 보고 그렇게 했습니다.
외로울 때 가만히 서 있는 풍경은 눈물입니다.
당신, 그럼에도 되돌아보지 말고 가시길.
나는 기어코 일어나 한 걸음 앞으로 내디딜 겁니다.
당신도 그렇게 하시길.
응원할게요, 나와 당신을 위해.

길 밖으로
그리움이 흘러갑니다

익숙한 손님이 돌아가자,
나는 혼자가 되었습니다.
어슴푸레한 겨울 새벽,
찬 이슬이 허공을 떠다닙니다.
손님이 남기고 간 감동적인 충고를 곱씹으며,
시간을 되새김질 합니다.
그러나 분명한 것은,

아무도 살아온 이야기를 각색해서는 안 됩니다.
이야기의 내용과 주제는 정직하니까요.

새벽 3시 누군가 창문을 두드립니다.
얼음비 내립니다.
해독할 수 없는 글자들이 겹쳐 지나갑니다.
길 밖으로 그리움이 흘러갑니다.
너무도 환한 빌딩숲을 찾아 몸을 기댑니다.
추억은 그렇게 잠시 쉬고 있습니다.

Come to the
garden in Spring

There's wine and sweethearts
In the pomegranate blossoms
If you come, these will not matter.
If you do not come, these will not matter.

– by Jalrudin Rumi

．．

．．．

．．．

．．．

．．．

．．．

．．．

봄의
정원으로 오라

이곳에 꽃과 술과 촛불이 있으니
만일 당신이 오지 않는다면
이것들이 무슨 의미가 있는가.
그리고 만일 당신이 온다면
이것들이 또한 무슨 의미가 있는가.

– 잘랄루딘 루미

그리스인 조르바

사람은
어느 정도는
미쳐야 한다.
미치지 않으면
밧줄을 끊어 버리고
자유를 얻는 일이 없다.

—————— 2
취하라, 그것이
해답이다

취하라

항상 취하라. 그것보다 우리에게 더 절실한 것은 없다.
시간의 끔찍한 중압이 네 어깨를 짓누르면서 너를 이 지상으로
궤멸시키는 것을 느끼지 않으려거든 끊임없이 취하라.
무엇으로 취할 것인가.
술로, 시로, 사랑으로, 구름으로, 덕으로
네가 원하는 어떤 것으로든 좋다.
다만 끊임없이 취하라.
그러다가 궁전의 계단에서나
도랑의 푸른 물 위에서나
당신만의 음침한 고독 속에서
당신이 깨어나
이미 취기가 덜하거나 가셨거든 물어보라.
바람에게, 물결에게, 별에게, 새에게,
시계에게, 지나가는 모든 것에게,
굴러가는 모든 것에게, 노래하는 모든 것에게,

말하는 모든 것에게 물어보라.

그러면 바람이, 물결이, 별이, 새가, 시계가 대답해 줄 것이다.

취하라.

시간의 노예가 되지 않으려면 취하라.

항상 취해 있으라.

술이건, 시건, 미덕이건 당신 뜻대로.

-샤를 보들레르

희망 속으로 간다

벚꽃이 짙게 타오르고 있다.
둘이서, 셋이서, 가족과 친구가 함께 걷던 길을
오늘은 혼자 걷는다.
꽃비 내리는 오늘,
오랫동안 품고 있던 삶의 고민을 벚꽃 향기 속으로 밀어 넣는다.
꽃잎을 태우는 햇살 속에 세상은 다시 희망으로 속삭인다.
나도 희망 속으로 들어가 노래를 시작하련다.

도. 레. 미. 파. 솔. 라. 시. 도
아름다운 화음으로
나에게 맞는 희망을 향하여 걸어간다.
하나, 둘, 셋… 순서대로 한 걸음씩 올라간다.
오늘은 하늘도 파랗다.
보이는 모두가 천국이다.

3월, 마음을
움직이는 달

아메리칸 인디언들은 3월을 마음을 움직이는 달이라 했다.

겨울과 봄이 공존하는 봄,

봄이 저만치 가까이서 웃고 있기에 한껏 부푼 풍선처럼

마음에 바람이 잔뜩 차 있다.

이곳저곳에서 찡긋찡긋 눈길을 주니 살랑댄다.

내 마음이.

이마에 비친 햇살로 겨울답지 않게 따사롭다.

강변 옆 공원을 걷노라면 비릿함보다

푸릇푸릇 돋아난 상큼한 풀 내음이 코를 찌른다.

신이 만들어낸 빛과 향과 색을 가진 것들이 자신을 드러낸다.

마침내 세상이 환해진다.

봄은 그런 거다.

속이 보일 정도로 투명하고 깨끗하다.

진하지도 흐리지도 않지만 분명 색과 향과 빛이 어우러진다.

밤하늘의 잔별이 무수히 쏟아져 내리는 날이면,

봄의 정서는 절정이 된다.

다채로운 꽃들이, 연둣빛 나뭇잎들이,

금빛 햇살들이, 병풍이 되어 준다.

모든 곳이 아름다운 배후가 된다.

겨우내 외롭고 춥던 것들에게 무한한 응원,

새로운 출발에 대한 용기를 불어넣는 봄.

불현듯 강변에 선 소심한 내가 당당한 봄과 마주한다.

희망을 품은 연두의 물결을 보며

새 희망을 더듬고 있다.

봄의 향기가 낯설고 공허했던 잔해들,

그 마지막 티끌이라도 털어낸다.

한계를 넘어

담쟁이는 수천 개의 잎을 이끈다.
넘지 못할 것 같은 벽을 넘는다.
사람의 생도 장애물을 넘어야 한다.
앞을 가로막는 수많은 한계를 넘어야 얻는다.
선명하고 반짝이는 것을.
영혼을 움직이는 것들은 껴안고,
낯설고 까칠한 것들은 제거해야 한다.
한 걸음도 움직이지 못하는
나무가 되지 않으려면
평생을 흔들리며 엉키지 않으려면
한계를 넘어야 한다.
벽을 뛰어넘는 담쟁이처럼.

눈물이 난다

무엇이든
스스로를 감동시킬 만큼
최선을 다해본 사람은 안다.
행복이 무엇인지.
행복은 보이는 것이 아니라 느껴지는 것이다.
다른 사람은 몰라도 본인은 안다.
정말로 최선을 다했는지.
결과가 무엇이든 최선을 다했노라는 사실을 깨닫는 순간 눈물이 난다.
결과가 무엇이든, 마음속에서는
만족 그리고 감동의 물결이 출렁인다.

마법에
걸리는 순간

지독한 사랑, 잔혹한 사랑, 치명적인 사랑을 떠올릴 때마다
모딜리아니와 잔느의 사랑을 생각하게 된다.
14살의 나이 차이,
화가와 제자.
두 사람은 슬프지만,
아름다운 사랑의 신화를 쓴 주인공으로 기억되고 있다.
얼마나 사랑했으면 눈동자를 그리지 않았을까.
질투심 때문일까.
모딜리아니도 화가이기 전에
한 여자의 지독하게 사랑하는 남자라는 사실,
권력을 가진 사람이든, 엄청난 재산을 가진 사람이든,
붓도 살 수 없는 가난한 화가이든,
사랑의 마법에 걸리는 순간 아담과 이브가 되니까.

토닥토닥
힘내

뚜벅뚜벅 가고 있지만
나아진 것이 별로 없다.
그럼에도 나는 중얼거린다.
"토닥토닥 힘내."
꽃비가 어깨에 앉으며 말한다.
"토닥토닥 힘내."

이 죽일 놈의
사랑

심장이 가시에 찔려 뚝뚝 붉은 피를 흘리면서도
아름다운 노래를 부르면 죽어간다는,
켈트족의 전설 속 '가시나무 새'가 생각난다.
외롭게도, 슬프게도, 기쁘게도,
살아있게도, 죽게도 만드는,
뱀파이어 같은 사랑
목숨을 걸고 심장에 붉은 피 흘려보는
이 죽일 놈의 사랑의 끝은 어디일까?

아프지만 그립다,
미치도록

어제는 환희였던 그것이
오늘은 슬픔이 되어 '훅' 덮친다.
아프다, 미치도록.
까만 하늘에 걸린 해와 달을 보며
눈이 지워놓은 길을 후각으로 더듬는다.
그리움과 아쉬움이 눈 되어 쏟아져 내린다.
어린 왕자의 장미꽃에 대한 정성과 깊은 배려,
과연 마음으로 보아야만 잘 보이는 세상은 어떤 곳일까.
보이는 것을 너머 보이지 않는 것까지 포용하는 것일까.
헌신, 배려, 친절을 무한하게 내어주는 것일까.
그러면 나의 우주에 존재하는 단 하나의 별이 될까.
반짝이는 하얀 별이 될까.
많이 그립다. 11월의 이 밤, 그가.

보통의 존재,
보통의 행복

햇빛 쨍쨍한 날에 먹는 달콤한 아이스크림처럼
비 오는 날에 스윗한 와인은 감미롭다.
완성 원고를 출판사에 넘기고
1박 2일 동안 잤다.
코끝에 닿는 향기에 눈을 떴다.
창가에 빨간 시클라멘,
보랏빛 무스카리가 예쁘게 피었다.
책상 옆에는 며칠 전 읽다만
'사람은 무엇으로 사는가'가
접힌 몸으로 나를 본다.
새벽 물안개 피어오르듯
무언가 점점 선명해진다.
주어진 일에 몰입하고
일한 대가로 받은 돈으로
가족을 위해 맛있는 거 먹고,
여행하고, 나를 위해 책 사고,
소비하며 자유로운 유희를 즐기는 것,

그 풍경이 선명하게 그려진다.
보통의 존재, 보통의 행복을 누리는 것은
내가 번 돈으로 커피를 사 먹으며
돌아다니는 것,
하늘을 나는 새들을 보며
빙그레 미소 짓는 것,
지나가는 행인과 눈이 마주쳤을 때
살짝 미소 지으며 목례하는 것,
바로, 그것이다.
웃음 한 줌, 눈물 한 줌으로
고해성사하며 하루를 심판대 위에 올려놓더라도
여유 있게, 자유롭게, 비우며, 베풀며
생의 모든 것을 따뜻하게 소비하자.
보통의 존재로 태어나 내 누릴 수 있는
보통의 행복이다.

서로에게 꼭 필요한
존재가 되도록

어느 틈에 '그 사람'에서 '그대'로 호칭이 바뀌었다.
색깔로 치면, 코발트색의 맑은 하늘,
나무로 말하자면 단단한 소나무,
어느 날 문득 이름 끝에 '님'이나 '씨'를 붙이고,
'했어요, 그래요' 하며 경어를 쓴다.
깍듯이 예의를 갖춘다.
사랑이 깊숙이 들어온 징후,
예쁜 모습을 보여주려고
웃음도, 울음도 감추기 시작한다.
속마음을 들키지 않으려고.
그러나 곧 웃음을, 마음을 들킨다.
더 이상 숨길 수 없게 된다.
그렇게 의식 없이 자연스레 말을 놓게 되고,
너에게 어울리는 호칭을 찾아 부른다.
애기야, 자기야, 여보야
아름다운 색과 향기를 가진
모든 것들이 모인다.

빛이 되도록 나는, 그리고 너는 활짝 웃는다.

눈뜨고 일어나 눈감고 잠들 때까지

너의 모든 것이 궁금해진다.

너를 생각하면 분노도 무장해제가 된다.

흐르는 물처럼, 사랑거리는 미풍처럼,

유연해진다.

몸과 마음이 모두 너에게로 기운 채.

상큼하고, 훈훈하다.

타인에 대한 보편적 감정이,

사랑하는 사람에 대한 절대적 감정으로 바뀌었다.

심장에서, 뇌에서 쏟아져 나오는

하트 뿅뿅 때문에 과부하에 걸린다.

사랑더미 숲에서 헤어나지 못한다.

너의 차곡차곡 쌓여가는 바람에 따라

너와 나의 마음이 닿으면

내 모습이, 내 행동이 바뀐다.

오래된 버릇, 습관까지 변한다.

사실이든, 거짓이든, 속든, 속이든

지금, 여기, 너와 내가 함께 있고,

같은 주스를 마시며,

같은 곳을 바라보고 있다는 것이 중요한 거지.

다만, 네가 원하는 대로, 내가 원하는 대로
단지 감당할 수 있을 만큼만 변하기를.
나 혼자 사소한 것들도,
너와 함께 하니 빛이 되듯,
서로에게 꼭 필요한 존재가 되도록,
함께 이끌어 주기를 바라본다.
믿음을 가득 담아 기도해 본다.
나와 너의 아름다운 미래를 위해.

넌, 지금
내가 기다리는 간절한 꿈

너와 함께 있으면, 하나의 완성된 작품, 멋진 그림이 되지.
너와 함께 있어야 온전한 사랑이 되지.
진중함, 영리함, 삶의 지혜까지 갖춘 너이기에
삶의 일부를 포기하면서까지 너를 선택했지.
그 옛날 풋풋했던 눈, 코, 입,
목소리, 행동, 너의 따뜻한 마음까지
찰칵 찍어 내 심장에 담았지.
너를 보면 이십 대 시절, 너의 모습이 오버랩되어
여전히 설레고 떨리고 조심스러워져.

설렘과 그리움이 간절할수록
외로움과 고독은 선명해지는 것 같아.
그래도 참 다행한 일이야.
외롭고 고독해야 덜 외롭고 덜 고독하기 위해 노력하는 거니까.
그래도 참 행복한 일이야.
일상의 모든 것이 너와 이어진 지금,
너에게 사랑을 주고,
사랑을 받으면서, 행복해지고 싶어, 오래도록.
같이 있을 때 느낄 수 있는 희열, 확신, 평온,
위로에 대해 고맙다고 말하고 싶어.
나의 울타리가 되어 주어서.
너와 함께 있으면, 이 진한 여운이
또 기다림을 기다리게 하고 있으니,
보고 싶다, 보고 싶다 하게 되니까.

또 이렇게 쌓이고 쌓인다.
너를 향한 뭉클한 그리움이.
하얗게 눈 되어 소복이 쌓인다.
내가 바라보는 모든 곳에.

다음에 만나도, 기분 좋은 목소리를 듣고 싶어.

활짝 피어오르는 웃음소리를 듣고 싶어.

비 오는 새벽 2시,

함박눈 내리는 새벽 2시,

쏟아지는 눈, 미끄러지며 빠르게 달려가는 자동차,

그 사이에 네가 있다.

풍경화 되어 멈추어 서 있다.

그립다는 강렬한 욕구에 울컥해진다.

내일 너를 만나, 너의 유쾌한 이야기를 듣는 것이

지금 내가 기다리는 간절한 꿈,

내일이 빨리 왔으면.

무엇이
될 수 있는 사람

티베트 속담에 '충분히 갖고 있다고 느끼는 사람이 부자다'라고 했다.
사랑에 있어 충분함은 무엇일까.
지금, 여기, 내가 사랑하는 사람에 최선을 다하는 걸까.
내 앞에 멈춘 그 사람이 마지막 사랑이라 생각해야 하는 걸까.
그 사람을 사랑하면서 2% 부족한 욕망 때문에
또 다른 사람에게 눈길을 주는 것은 위험한 걸까.
그래, 그럴지도 몰라.
한 방향으로 흐르는 물이 편안하듯,
한 사람에게 처음 마음으로 정성을 쏟아야
2%의 욕망도 기적처럼 채워질 거야.
남에게 무엇을 바라지 말고
내가 사랑하는 그에게 무엇이 될 수 있는 사람이 되자.

시간아!
미루나무야!

지금, 여기, 내가 하는 일,
사랑하는 사람이면 충분하다.
조급증은 안으로, 안으로 삼키고
서두르지 말자.
누구에게나 똑같은 시간이 흐른다.
부여잡고 싶어도
그저 떠나는 것,
헛헛한 것이 시간이다.

생이란 것도 마찬가지,
가슴이 미어지다가도
천연스레 헛웃음이 나오는 것.
힘없이 쓰러질 것 같아도
안간힘 쓰며, 꿋꿋이 일어선다.
기어이 살아야만 하는 것.
견뎌야만 하는 것.
그것이 생이니까.

아리고 쓰린, 그래서 더 간절한, 희망의 조각들,
꿈을 향해 오르고 또 오르는 미루나무,
하늘 향하던 나뭇잎은
눈물을 받으며 낮은 곳으로 찬연히 추락하고 있다.
저와 닮은 빛, 그림자만 남긴 채.

우리는 언제쯤 다시 만날 수 있을까.
얼른 가을이 지나가고,
다시 또 가을이 지나가고,
그리고 다시 가을이 오면 만날 수 있을까.
그렇게, 시간이 흘러 그 가을빛 좋은 어느 날
내 희망도 통실통실 살이 쪄
결실이 알알이 영그는 그날,
웃으며 반갑게 재회하고 싶다.
내게 희망이던 시간아, 미루나무야!

끝은 시작

모든 것에는 끝이 있다.
사랑에도, 일에도,
미움에도, 그리움에도,
행복에도, 불행에도,
생에 모든 것에는 끝이 있다.
끝없이 반복되는 끝에
때로는 가난해지고,
때로는 풍요로워진다.
끝은 새로운 시작일 뿐.
생은 애써 답을 찾지 않아도
흐르면서 답을 찾아가기도 하고,
시간이 답을 내 앞에 불러 앉히기도 한다.
아무리 답이 없는 것 같아 보여도
한순간 번쩍이는 불빛처럼
짧게 빛은 주변을 서성인다.
잠깐이라 못보고 지나칠 뿐,
자세히 몰입해서 보면 보인다.

순간의 빛도.

설령 지금, 이별이라 해도,

언젠가는 서로의 빛이 되어,

다시 만난다.

또 지금 불행이라 생각이 들면,

머지않아 한줄기 순간의 빛이 찾아온다.

행복을 안겨주는 빛,

그날이 오면 괜찮아지고,

다시 웃을 수 있다.

불행의 끝은 행복이니까.

치열하게 현실을 견뎌 이겨내면 돼.

온전하고 찬연한 향기 가득한 꽃이 되려면

다부지게, 씩씩하게, 당당히, 이겨 봐.

그리고 멋지게 웃어.

괜찮아,
힘내

하루하루가 힘겨운 사람에게 따뜻한 위로의 말은 약이 된다.
"괜찮아, 나도 그랬어. 힘내"는 큰 힘을 준다.
따뜻하게 건네는 말은 화려한 수식어가 필요치 않다.
자신감을 잃고 방황하는 그에게 "괜찮아, 힘내"
이 한마디는 아픈 곳을 치유해주는 강력한 진통제가 된다.

우체국을
지나며

종로 경찰서 앞 우체통,
붉은 색깔이 그리움의 간절함을 보여준다.
그림을 그리는 사람이나, 시를 쓰는 사람이나,
음악을 하는 사람이나 종착지는 하나.
늘 기다림의 길목에는 고독이 전신주처럼 서 있다.
바다에도, 산자락에도,
나처럼 고독이 누군가를 기다리고 있다.
4월의 오전 11시.
샛노란 유채꽃이 날개를 달고 지상으로 살포시 내려와
기다리는 나를 향해 활짝 웃는다.
안부가 그리운 오늘, 기쁜 소식이 올 것 같다.

원하는 것에 따라

우리가 서로를 간절히 원했기에
동시에 사랑했던 것처럼
우리가 다른 무엇을 간절히 원했기에
모든 것이 한순간에 끝나버린 것.

언제까지 나는

언제까지 나는 너의 그림자가 되어
기다림을 태우고 욕망을 태워야 하는지
나를 보노라면 얼음판을 뒹구는 것처럼 시리다.

살다 보면

살다 보면 그런 날이 있다.
매일 보던 하늘도,
매일 보던 나무도,
매일 타는 지하철 안의 풍경도 슬퍼질 때가 있다.
오늘처럼 그리움이 나뭇잎처럼 나부낄 때에는.

너를 내 가슴에 안는다

비가 후드득 쏟아진다.
애써 생각하지 않으려 해도 떠오르는 너
오늘은 너를 불러
내 가슴에 안는다.

종착역,
출발역

노란색을 유난히 사랑했고
살아있는 동안에는 단 한 점의 작품밖에 팔지 못한
비운의 천재 화가 빈센트 반 고흐는 말했다.
산다는 것은 '걸어서 별까지 가는 거'라고,
삶이 얼마나 힘들면 '걸어서 별까지 가는 거'라 말했을까.
그럼에도 별에 닿을 수 있다는
희망이 있으니까 고단해도 사는 것,
화려하지만 서툴고 아름답지만 미완성인 것이 인생이니까.
꿈, 욕망을 이루기 위해 도전을 멈추지 말자.
때로는 달리면서, 때로는 걸으면서 별을 향해 가자.
'별' 그곳은 종착역이기도 하지만 출발역일 거야.

홀로
걷는 달

인디언은 2월을 '홀로 걷는 달'이라 했다.
해빙의 2월에는 번호표를 뽑아 일상을 접고 떠난다.
목적지는 내 마음이 머무는 곳,
작정하고 달려가면 다 내어주는 동강이다.
느릿하게 녹으며 살얼음을 헤쳐 흐르는,
해빙의 강을 볼 것이다.

스노 래프팅을 즐기는 사람들도 만날 것이다.
굴뚝에서 아지랑이처럼 피어오르는,
메케한 연기 냄새도 맡으리라.
드문드문 느릿느릿,
봄나물을 채취한 바구니를 머리에 이고
사뿐사뿐 섶다리를 건너는 아낙들도 만나리라.
발바닥에 조금 폭신하게 닿는 흙도 밟으리라.
겨울 햇살과 봄의 햇살이 공존하는,
내 마음이 머무는 그곳으로 가리라.
배려와 포옹이 넘쳐나는 그곳에서
보이는 모든 풍경과 눈 맞춤하며,
겨울을 배웅하고 봄 마중을 하리라.
모두의 덕분으로 찾아오는 봄을 맘껏 껴안으리라.
돌아올 즈음에는 봄 향기가 전신을 가득 채울 것이고,
그곳에서 만났던 이, 보았던 풍경,
느꼈던 정서는 다시 글이 되리라.
내 눈을 바라보며 정직하게 이야기했던
소중한 사람들을 행간에 담으리라.
바람으로, 햇볕으로, 눈물로, 웃음으로,
품에 안겼던 날것의 진솔함을 고스란히 새기리라.

봄이 내리는
정원으로

침묵하는 자연은 참으로 위대하다.
나이도 들고, 결핍투성이의 나에게
새로운 희망, 순수한 본성을 찾게 해주니까.
이제는 새로운 것에 도전하되,
욕망에 휘둘리지 않을 것이다.
욕망을 잘 쓰고 다스릴 것이다.
쓸데없는 것들로 마음을 묶지 않을 것이다.
헐거워진 사유의 끈을 다시 조여,
지금 여기, 이곳에서 새롭게 정성을 다할 것이다.
마음으로 인간에 대한 예의를 존중할 것이다.
내가 먼저 다가가 마음을 내어줄 것이다.
눈의 저울에 달고 슬퍼하지 않을 것이다.
마음의 저울에 달고 기뻐할 것이다.
궁핍하도록 절약하여 나를 결박할 계획 같은 것,
더 이상 하지 않을 것이다.
결핍이 지독하여 궁핍이 되더라도,
익숙한 습관에 의지하여 평화롭게 살 것이다.

시골 마을의 아름다운 섶다리를 생각하며,

바람을 맞으면서도 생을 놓지 않는 억새를 생각하며,

선명한 희망을 향해 주어진 사명을 수행할 것이다.

희망도 약속이고 사명이라는 것을 명심할 것이다.

사분사분 봄볕이 내리는 날,

단단한 대지를 뚫고 소나무가 푸름을 되찾고,

펄떡펄떡 청개구리가 뛰노는 날이 오면,

꽃빛으로 어우러져 춤출 것이다.

칙칙한 얼굴을 하얀 햇살에 비벼 씻어,

청순한 신부의 얼굴이 될 것이다.

서로 다른 곳에서 하는 일이 달라도,

가족, 친구의 손을 잡고 함께 갈 것이다.

모두와 함께 환하게 타오를 것이다.

봄이 내리는 정원으로 함께 갈 것이다.

나의 목적어를 향해
비상하자

얼마 전에 장사익 콘서트에 갔다.

가까운 객석에서 앉아 직접 보니 신선했다.

청양고추처럼 칼칼한 그의 노래가 귀에 감겼다.

그가 부른 '봄날이 간다'에는 이런 가사가 나온다.

'연분홍 치마가 봄바람에 휘날리더라.

오늘도 옷고름 씹어가며, 산제비 넘나들던 성황당 길에,

꽃이 피면 같이 웃고, 꽃이 지면 같이 울던,

알뜰한 그 맹세에 봄날은 간다.'

단맛, 쓴맛을 다 맛본

예순다섯의 가객이 부르는 노래에는

모두의 인생이 담겨 있는 것 같아 코끝이 찡했다.

누구나 거쳐가야 할 생의 전부가 노래가 되어 출렁인다.

노래는 생애 최고의 순간을 되새김질할 때에는 환하게,

굴곡진 마디를 넘어갈 때에는 눈가가 촉촉해진다.

시인은 한 편의 시에 인생을 담아내지만,

가수는 3분 동안 전부를 토해내야 한다.

그러니까 시인은 시가 인생이고 가수는 노래가 인생이 되는 거다.

비운의 화가 고흐의 작품을 좋아하는 이유도,

작가의 생애가 불우함에도 그림 속에는,

살아 숨 쉬는 듯한 맑은 영혼이 담겨 있어서다.

시인 보들레르는 이렇게 표현했다.

'한 알의 밀알 꽃이 교회당을 향기로 가득 차게 했다.'

소리꾼은 호기심을 가득한 눈빛으로 순간을 탐닉했기에,

기적 같은 오늘을 살고 있다.

그 어떤 삶이든 과정이 향기로 가득하면,

끝도 좋을 향기를 머금은 결실을 안게 된다.

물론 실수와 실패도 꿈을 이루는 과정이 된다.

어떤 일을 해서 살아가든 쇼윈도적인 것이 아니라

있는 그대로 솔직하게 드러내고 살아야

대단한 위치에 있지 않더라도,

이름 세 글자 선명히 남길 수가 있다.

나이 마흔여섯에 홍대 앞 소극장에서

노래를 해야 했던 늦둥이 소리꾼 가객,

재즈와도 아카펠라와도 너무 잘 어울리는

가슴으로 노래하는 가객,

어떤 노래를 부르던 긴 호흡으로,

기름 짜듯 통곡의 목소리가 절절하다.

노래를 듣노라면 힘들었던 삶의 고비가 스친다.

생각해보면 늘 그랬다.

찰랑이는 햇살처럼 기적은 늘 곁에 있지만,

항상 날개를 달아주지 않았다.

절박한 마음을 담아 간절한 행동을 보여야,

날개를 던져주었다.

눈부신 기회를 다 보내고 나서야 후회한다.

늘 깨달음은 한 박자 늦게 찾는다.

바다 작용에 의한 변화를 겪고도

그 변화에 정복 당하지 않고 존재하는 진주처럼

생의 거친 파고에도 불구하고 살아남아야,

행복한 생을 산 사람이다.

이탈리아 격언에 이런 말이 있다.

'메멘토 모리Memento mori, 카르페 디엠Carpe diem.'

'죽음을 기억하라, 이 순간을 즐겨라.'

그렇다. 무엇을 하든,

언제 죽을지 모른다는 사실을 인정하며,

여기, 이 순간을 사랑하면 된다.

감동을 줄만큼 최선을 다해본 사람은 안다.

행복이 무엇인지를.

행복은 보이는 것이 아니라 느끼는 것임을.

결과가 어떻든 최선을 다하면 눈물이 난다.

마음속에서는 만족 그리고 감동의 물결이 출렁인다.

무엇을 하든 목적어는 행복이다.

행복의 기초가 되는 것은 자존이다.

자존을 영어로 표현하면 'Self-respect'

스스로를 귀하게 여기며 존경한다는 의미가 된다.

자존감이 높아야 자신이 하는 일을 사랑하게 된다.

내가 무엇을 위하여 살고,

무엇을 위하여 죽어야 행복한지를,

정확하게 아는 힘도 자존에서 나온다.

숱한 파고를 넘나들다,

마흔다섯에 노래를 시작한 기적의 주인공.

자신의 이름이 쓰인 무대에서

멋지게 춤추며 노래하며 살고 싶다면,

무엇이든 용기 있게 도전하면 된다.

목적어를 향하여 푸른 날갯짓을 하는 것은

도전하는 자의 몫이다.

두려워하지 말고 멋지게 비상하자.

저 너머에서 춤추는 나의 목적어를 향해.

행복하자

'Present'는 선물이라는 뜻과 현재라는 의미다.
지금 여기, 내가 마주하는 것들이 선물인 셈이다.
지금, 여기는 확실한 내 것이다.
가장 소중한 선물을 할 '누구'도 나이다.
오늘 선물하지 않으면 놓칠 수 있다.
왜? 내일은 없을지도 모르니까.
한 줌 먼지로 돌아가는 데는 순서가 없다.
지금까지 타인을 우선으로 살았다면
이제부터라도 나를 먼저 챙기자.
내일로 미루다가 내일을 못 만날 수가 있다.
내가 행복해야 주변 사람들이 행복하다.
한 끼의 식사가 즐겁게 한다면 당장 먹자.
보고 싶은 영화가 있다면 당장 보자.
뉴에이지 음악이 그립다면 당장 듣자.
간절한 것들을 해야 흔들리는 마음도 중심을 잡는다.
작가 어니 J. 젤린스키는 이렇게 말했다.
"자기 자신과 연애하듯 살아라."
그렇다. 내 인생의 주인공은 나다.

행복은 멀리 있지 않다.
세상의 기준에 맞추지 말고
내 눈높이에 맞추면 행복할 수가 있다.

벼랑 끝 상황을 만나더라도
나를 비난하지 말고 사랑하고 아끼자.
끊임없이 살아갈 새로운 이유를 찾자.
세상에서 가장 애쓰고 수고하는
소중한 나를 위해 정성을 담아 선물하자.
무엇을 하든 첫 번째 의미를 나에게 두자.
나를 위해 선물하고 나를 위해 웃고
나를 위해 울고 나를 위해 노래하자.
후회하기 전에, 늦기 전에,
나를 칭찬하며 위로하자.
지금, 여기, 이 소중한 것들과
맘껏 누리며 행복하자.

지난했던 시간이
지나가고

지난했던 시간들이 나를 겸손하게 만들었다.
내게 채워지던 것들, 그것에 채워지던 나의 것들,
첩첩한 욕망, 검은 불꽃은 내려놓는다.
사소하지만 편안한 불꽃을 껴안는다.
생텍쥐페리가 쓴 '어린 왕자'에 나오듯,
다시 길들임에 적응할 것이다.
왕자와 장미꽃이 서로에게 소중한 시간을 투자하듯,
마음으로 정성을 다해 길들일 것이다.
하나에서 둘이 되는 것, 또 둘에서 하나가
처음으로 돌아가는 것에 익숙해지면서.
반드시 나다운 행복을 향해 갈 거다.

나를 믿어준 또 다른 내 안의 나와
나를 응원하는 세상의 모든 것들을 위해
감사하며 살 거다.
결핍투성이의 나를 환하게 웃으며
응원해주는 든든한 아이,

세상이 두려운 나를 억지로 불러내
더운밥을 먹이던 친구,
불쑥 찾아와 '함께 힘내자'라며 다독이던 오빠,
새 길 떠날 때 쓰라며
두툼한 봉투를 찔러주던 사랑하는 사람,
글이 곱다, 위로된다며
감사의 메시지를 주는 오래된 독자,
한 마리의 새가 되기 위해 찾아간
낯선 여행지에서의 눈물 섞인 콩나물 국밥,
고단할 때마다 울 곳을 찾아다니다가 발견한
울진 어느 바닷가의 붉은 소나무 숲,
모두가 쓰러져가는 나를 일으켜 세워
악착같이 살게 했던 고마운 그들에게 보답할 거다.
든든한 배후가 되도록.
오래전 결핍투성이었던 내게 힘을 주었던 것처럼,
내가 그들에게 힘이 되도록 버팀목이 될 거다.

앞으로의 봄은 찬란할 거다.
씨앗은 푸릇한 희망이 가득할 거다.
그동안 견디느라 고생했기에,
아주 많이 씩씩하게 당당히 갈 거다.

희망의 곳으로.

꽃길 위에서

보고 듣고 사유하며 유목하며 갈 거다.

온유한 햇살이 나무 사이로 퍼질 것이고,

까치가 기쁘게 과자 부스러기를 쫓을 거다.

여백을 즐기며 갈 거다.

정직한 풍경과 아름다운 세상을 노래하며 갈 거다.

풍요와 만족을 즐기면서

느리더라도 내 속도로 갈 거다.

파릇이 솟아오르는 희망이 머무는 곳으로,

나를 응원하는 모두와 함께 손잡고 갈 거다.

"내 인생아, 파이팅"을 외치며,

나에게로 난 꽃길을 뚜벅뚜벅 걸어갈 거다.

그를 만나러 간다

앙코르와트의 꽃과 나비도 사랑을 나누는 봄이다.
막 피어오르는 장미의 향기도 마음을 설레게 한다.
봄비 내리는 오후 3시,
그리움 한 조각 길 위에 서성인다.
누군가 흘려보낸 하트 무늬가 빗물에 번진다.
땅속으로 스며들다가 수증기가 되어 하늘로 오른다.
길 위에 서성이던 그리움이 세상을 흔든다.
빗물에 흐려진 창에 동그란 얼굴이 보인다.
세상이 온통 동그란 얼굴로 가득하다.
사랑받는 것도 살아가는 만큼 어렵다는 것을,
사랑을 시작하면서 알게 되었으니까.

'잃어버린 시간을 찾아서'의 작가 마르셀 프루스트는
지혜를 얻는 방법에는
'선생을 통해서 고통스럽지 않게 얻는 것이고,
다른 하나는 삶을 통해서 고통스럽게 얻는다'고 했다.
지혜는 이론을 통해 배우기보다는 경험을 통해 깨닫는다.
사랑도 사랑하는 과정에서 배운다.

서로 사랑하면서 기쁨, 고통과 만나며
사랑에 대한 예의를 배운다.

오늘따라 세상이 빗속에 갇혀 촉촉이 젖어 있다.
그리움이 깃털보다 가벼워 바람에도 흔들린다.
사방이 고독으로 가득 차 있다.
끝없이 펼쳐진 고비사막을 홀로 힘겹게 걷는 기분,
모래사막을 오르다가도 모래사막을 내려가다가도
그리운 목소리 들릴까 사방을 두리번거린다.
보헤미안이 되어 마르지 않는 그리움을 안고 떠난다.
이정표도 보이지 않지만 백지 한 장을 들고 간다.
걸어가면서 눈으로 형상을 그리며 간다.
붉은 꽃잎과 가시를 지닌 장미 같은 핏빛 사랑,
한 손에는 향기와 한 손에는 피를 안겨줄지라도.
부르면 대답하고 두드리면 열릴 것 같고,
기다리면 올 것 같은, 넘치지 않는 사랑을 찾아간다.
지금 살아가는 이유, 목적이 되는,
나를 완성시켜 주는 그를 만나러 간다.
방랑자, 보헤미안이 되어 '그'를 만나러 간다.

두 번은 없다

두 번은 없다. 지금도 그렇고
앞으로도 그럴 것이다. 그러므로 우리는
아무런 연습 없이 태어나서
아무런 훈련 없이 죽는다.

우리가, 세상이란 이름의 학교에서
가장 바보 같은 학생일지라도
여름에도 겨울에도
낙제란 없는 법.

힘겨운 나날들, 무엇 때문에 너는
쓸데없는 불안으로 두려워하는가.
너는 존재한다. 그러므로 사라질 것이다.
너는 사라진다. 그러므로 아름답다.

- 비슬라바 쉼보르스카

라이너 마리아 릴케

사람은 눈앞에
보이는 것만 바라보고
살아가는 것이 아니다.
좀 더 먼 곳을 바라보며
미래 속에 잠긴
꿈을 바라보며
살아가는 것이다.

————————— 3
미움은 햇빛에 바래고
그리움은 월광에 물든다

헤어지고
있는 중

헤어지자는 메일을 받았다.

나를 그토록 사랑하던 너에게.

그러나 나는 결코 그럴 수 없노라고 답장을 보냈지만.

너의 답장은 오지 않았다.

우리는 단단히 결속되었다고 믿었기에.

나는 연거푸 1,000여 통의 메일을 일 년에 걸쳐 보냈다.

행여 메일을 읽었을까 수신확인 버튼을 수없이 눌러보았지만

너는 내 메일을 읽지 않았다.

그렇다고 차단시켜 놓지도 않았고.

나를 서서히 떠나보내고 있었다.

더 사랑하는 사람의 숙명적인 정체는 기다림인가?

이별하는 순간까지, 이별하고 나서도 나를 기다리게 하는 너.

이제 나도 헤어질 준비를 하련다.

너를 완전히 떠나보내는 날

내가 너를 수신 차단할지도 모르겠다.

나는 지금 헤어지고 있는 중이다.

당신이라는
두 글자

'당신'

이 말이 쓸쓸해서, 두 글자를 썼다가 지우고 또 쓴다.

친절하고 따뜻했던 두 글자가 입안에 고여 맴돈다.

손 내밀면 스스럼없이 두 팔로 안아주던 당신,

오늘은 야속하게도 낯을 가립니다. 월광에 물든 외로움,

주인 잃은 두 글자가 허공에 메아리쳐 떠돈다.

입 안이 텁텁하고 깔깔해진다.

가슴속을 가득 채우던 당신,

이제는 허공을 쓸쓸하게 떠돌고 있다.

낯선 봄

잎을 태운 은행잎이, 소복소복 쌓인 눈이,
너와 나의 배후가 되어 주던 곳,
고독했지만 한없이 풍요로웠던 이곳,
다시, 세상천지가 연초록으로 물들기 시작했다.
그러나 낯설다.
지금, 여기, 나 혼자 있다는 것이.

불현듯 두툼한 외투를 입고,
춥다며 정신없이 번호키를 누르며 들어오던
지난겨울의 너와 겹친다.
네가 올 리 없는 이곳에서
여전히 너를 더듬고 있다.
시공간을 넘어 억지로 너를 소환하여 추억하고 있으니
익숙했던 이곳이 너무 낯설고, 공허하다.

사방은 봄인데, 희망을 노래하고, 사랑을 노래하고,
풍요를 노래하는데 나만 빈 방에 웅크리고 있다.
연둣빛의 희망을 안고 기꺼이 봄 마중을 가야 하는데

한 걸음도 나아가질 않는다.

먹먹함, 눈물이 웃음으로 바뀔 때까지

오래도록 우두커니로 있을 것 같다.

지금이라도 네가 온다면,

땀이 나도록 성큼성큼 걸어갈 텐데.

콧노래를 부르며, 진달래꽃잎을 따서 머리에 꽂고

씽씽거리며 뛰어갈 텐데.

너는 지금 어디서 무엇을 하는지,

알 수 없어 답답하다.

연둣빛 푸르름이 너무 향기로워 차라리 서럽다.

이 봄이 다 가기 전에,

마지막 눈이라도 푹푹 내렸으면 좋겠다.

너와 내가 좋아하는 그 함박눈이.

그러하다면 나 혼자서,

이 낯선 봄을 꾸역꾸역 견딜 수가 있으리라.

안녕,
잘 살아

우리 서로에게 빚이 되지 말자.
처음으로 돌아갈 순 없어도 웃으며 내려놓자.
훌훌, 깨끗해지지 않아도 털어내자.
주지 못한 것에 대한 아쉬움,
받기만 한 것 같은 미안함,
다 잊고 내려놓자.
가끔 생각날 때마다 펼쳐볼 수 있도록
아주 조금만 가슴속 깊은 곳에 숨겨두자.
행복하게 기억하는 것만으로 만족하자.
아마도 시간이 흐르면서, 상처는 사라질 테고,
거대한 파도처럼 휘몰아치던 통증은
곧 물결처럼 잔잔해질 테니까.
그리하여 비로소 나는 너를
내 마음 안에서
'내려놓았다'는 말을 할 수 있기를 바라며.
언어로도 표현할 수 없는 것들을 담은,
이별식은 마음으로 하자.

세상에는 감당할 수 없는,

인연이라 이별을 선택하는 연인도 많으니까.

노력해서 안 되는 것도 많지 않다지만

감당할 수 있는 연인을 만나 노력하는 것이,

지혜로운 선택일 것 같아.

우린 그저 사랑하지 않아서라기보다는

사랑하지만 감당할 수 없을 만큼

버거운 연인이라 내려놓는 거야.

사랑하기 때문에 헤어지는 연인이 있다는 말,

너를 통해 배운다.

지금은 파고가 심하더라도

곧 잔잔한 물결이 찾아올 거야.

나에게도 그리고 너에게도.

안녕, 잘 살아.

목적지에
도착하지 못했다

하루 종일 버스를 탔다.
601번 버스를 타다가 동대문에서 내려
반대편에서 다시 601번 버스를 탔다.
신촌에서 다시 내렸다.
다시 3번 마을버스를 타고
집 주변을 뱅글뱅글 돌았다.
어둠이 깔리도록.
그러나 내가 찾던 목적지에 도착하지 못했다.
그래서 나는 눈물이 난다.
불행하다는 생각이 떠나지 않는다.

다시 아픔

오후 3시.
기다려도 오지 않을 것 같은 사람을
마지막으로 불러내 만났다.
그렇게 하지 말 걸 그랬다.
마지막이 더 아팠으니까.
마지막 인사를 하고 그를 떠나보낸 오늘
파란 하늘에 뜬 달을 보듯 마음이 시리다.

바람이 분다

'이토록 아름다운 것이 사랑이야'라고 느낄 즈음
마음도 느슨해졌고 그때부터
사랑이 조금씩 변해가며 떠나고 있었던 것 같다.
시간을, 공간을 되돌릴 수 없다는 것이 아프다.

어디를 가든
네가 있다

몹시 어긋남을 느끼고
불쑥 집 앞에 있는 미용실에 갔다.
네가 즐겨 부르는 이문세의 광화문 연가가 흘러나왔다.
어디를 가든 네가 있다.
괜시리 붉어지는 마음.

미용실 꽃병에 꽂힌 빨간 장미를 닮았다.
머리를 말고 여성잡지를 여러 권 섭렵한 사이 머리가 찰랑거린다.
기분이 좋아진다.
'오해와 이해, 사랑과 미움'이 서로의 경계를 허물고 있다.
우리의 어색한 관계를 고민한다는 건
'우리 이렇게 하자'는 공간을 채우기 전에.
쉼표를 찍으며 한 칸 띄어 쓰는 정확함을 바라는 것.
거기에다가 겸손함까지.

보들레르의
말처럼

'두 어깨를 누르는 중압감이 죽음'이라는 것을 알았을 때
욕망은 강해지나 보다.
'잘 사랑하고 있는가'에 대한 쿨한 대답을 듣지 못하면 아프다.
셰익스피어도, 쇼팽도 나를 위로하지 못한다.
날렵한 플루트 잔에 빨대를 꽂아
한숨에 들이켠 스파클링 한 잔이 비틀거리는 심장을 관통한다.
무의식 세계로 빠지는 듯 기분이 좋아진다.
정확한 타이밍.

애정의 법칙은 때로는
몸을 숨기며

가장 짧은 시간에 큰 결정을 했다.
검은 커튼이 펄럭이며 지나간다.
그래서 예감이 좋지 않다.
애정의 법칙도 때로는 몸을 숨기며,
제 갈 길을 가는 것 같다.
늦은 후회가 앞을 막아선다.
이미 때는 늦었다.
그저 조금씩 천천히 그러다가 아주 많이
휘청거리는 나를 지켜보아야 했다.
벗어날 용기가 나지 않을 만큼 무책임하게 흔들렸다.
검은 눈물이 쏟아졌지만 내버려 두었다.
그날은 무책임한, 용기마저 잃어버린 날이었기에.

하루치의
욕망을 애정한다

막 당신의 애정은 떠났다.

펀치로 A4용지를 뚫고 창문을 가리며

내려지는 검은 블라인드를 울면서 바라본다.

백지로 보낸 수천 개의 마음을 일일이 해독할 수는 없다.

당신에게 보낸 수만 개의 마음은 똑똑히 기억하고 있다.

당신이 어딘가로 튕겨져 나갈까 봐 참 많이 마음 졸였다.

오늘따라 청보랏빛 와이셔츠가 그립다.

단추를 풀며 미소 짓던 당신이 그립다.

당신은 오간 데 없고,

방 안에는 몇 잎의 얄팍한 욕망이 흩날리고 있다.

남아있는 하루치의 욕망을 나는 애정하고 있다.

가을이
진다

11월 마지막 날, 비가 내린다.
나뭇가지에서 발갛게 타오르던 단풍도 우수수 다 떨어진다.
가을이 빗속으로 느리게 빨려들어 간다.
머얼리 역 앞 아치형 다리에서 하얀 것이 빠르게 움직인다.
겨울바람인가.

비에 젖어 흐르는 숙연한 강물이 눈앞에 아른거린다.
머릿속에 뒤엉킨 수많은 말들과 함께
우두커니 서 있다.
기적을 바란 건 아니지만,
아쉽게 놓쳐버린 것들,
울컥, 치민다.
눈물이 앞을 가린다.
날선 글자가 가시처럼 심장을 찌른다.

간절하던 것이 한순간에 빠르게 지나갔다.
'다시 오겠지' 했는데
기다리던 것은 오지 않았다.
나, 지금 어디로 가고 있는지,
무얼 하고 있는지,
또 어디쯤 와 있는지,
마지막 종착역은 어디인지,
끊임없는 상념들이 빗속을 걸어 다닌다.
나뭇가지 위에 매달린 단풍잎 하나,
비를 맞으며 안간힘을 쓰며 버티고 있다.
나는 그 풍경을 가슴에 담는다.

쏟아지는 비,
떠나는 가을,
추억만 남은 이곳에서
가을이 진다.

생을 반듯하게
증명하며 가리라

반드시 높이 날기 위해
목숨을 걸지는 않았다.
살아내다 보니 그렇게 되었다.
그러나 치열했던 만큼 풍경風景이 아름다웠다.

날아도 날아도 끝이 보이지 않던
죽도록 아프고 미치도록 아름다웠던
청춘의 날개를 접는다.

오르고 또 오르며 환하게 웃던 날들이 기뻤다.
부딪치며 다치며 슬프게 울던 날들이 슬펐다.
그러나 치열했던 만큼 행복했다.

이제 푸른빛의 블라인드를 내리고
오렌지빛의 블라인드로 바꿀 시간이 되었다.
찬연했던 화려함을 닫는다.
잔혹했던 슬픔도 닫는다.

천천히, 느리게
가을이 낸 길을 따라
침묵沈默하며 음미吟味하며
생을 반듯하게 증명證明하며 걸어가리라.

너는 없는데
난 여전히 너를 앓고 있다

그날 이후 웃음이 사라졌다.
제대로 잠을 이룰 수가 없다.
밥알이 모래알 씹듯 깔깔하다.
아무것도 할 수 없었다.
몹시 앓았고 그냥 우두커니 인형이 되었다.
계절은 여름이라 하는데 몸이 시리다.
내가 바라보는 세상은 온통 겨울 왕국이다.

내 몸은 세포까지 얼어 버렸다.

더 이상 네가 올 수 없다 하기에,

내가 가서도 안 된다 하기에,

투명인간이 되어 보고 있다.

나를 보고 너를 본다.

몹시 앓은 나보다 더 수척한 네 눈빛.

'아프게 해서 미안해.'

그 말을 하기 전에 눈물 먼저 흐른다.

내내 무릎 꿇고 간절히 기도하고 있다.

멈춘 그리움을 흐르게 해 달라고,

얼어붙은 심장을 녹게 해달라고,

눈을 감고 오래도록 기도하고 있다.

감고 있는 내 눈에 닿는 불빛이 따뜻하다.

온기가 몸을 타고 심장 속으로 퍼진다.

따뜻하다. 편안하다.

집으로 돌아와 너의 집업 후드티에 몸을 감쌌다.

너를 안은 것처럼 따뜻하다.

여전히 너와 난 '함께'인 듯하다.

곧 네가 번호키를 누르고 아무 일 없듯이 들어올 것만 같다.

너는 없는데 난 여전히 너를 앓고 있다.

'커피하우스'는
영원히 늙지 않을 것이다

너를 사랑하는 동안 외로웠고, 풍요로웠다.

그래서 외로웠다.

그러나 견뎌야 한다.

현재를 인내하는 유일한 수단은

'너'를 추억하는 거다.

지금 내가 이곳에 왔다.

우리만의 '커피하우스'

함께 앉아 카라멜 마끼아또를 마시던

탁자도, 의자도 그대로다.

네가 없는 이곳에서 나는 너를 더듬고 있다.

'너'와 마주보며 앉았던,

그때 그 자리에서 '너'를 추억한다.

아련하기도, 애절하기도, 애틋하기도 한

무수한 감정의 향연 속에서 나 혼자 춤을 추고 있다.

시간을 뒤로하고 우리들의 '커피하우스'에서 너를 찾아 헤맨다.

추억을 불러 '너'를 노래한다.

익숙했던 곳들이 순간 따뜻해지고 평화롭다.

'너'라는 이름 자체가 그리움을 부르고, 사랑을 부르는,
마음을 풍요롭게 한다.
우리만의 '커피하우스'는 영원히 늙지 않을 것이다.
너와 내가 살아있는 동안에는.

이별식

우리, 그만하자, 이제.
너를 사랑했지만 더 이상은 사랑할 수 없을 것 같다.
"안녕"이라는 단어를 입 밖으로 토해내는데
몇 년의 시간이 흐른 것 같다.
토해내고 나니 후련하다.
문득문득 치밀어 오르는 미련을 애써 꾸욱 눌렀다.
눈물에 가려진 그의 얼굴,
"한 번 더 생각하면 안 될까?
아니, 네가 원한다면."
미세하게 목소리가 떨리는 그는 말꼬리를 흐렸다.
서로의 말을 섞는 순간,
그와 나 사이에는 강물이 흐르고 있었다.
더 이상 나는 그에게로,
그는 나에게로,
가지 못할 만큼 강물이 넘쳐흘렀다.
그도 나도 서로에게 다가갈 수 없는,
문밖의 연인이 되었다.
6월의 햇살은 강물을 품고

강물은 햇살을 더듬었다.

눈부신 햇살을 향해 튀어 오르는

괭이갈매기떼는 셀 수가 없었다.

헤어진 날 서종리의 풍경은 눈물 나도록 아름다웠다.

그에게로만 열려 있던 나의 모든 기관,

이제 저절로 닫히고 있다.

지금은 시간에 기대어, 빠르게 움직여야 하는지도 모르겠다.

아니면 시간이 흔드는 대로 흔들려야 하는지도.

차라리 시간에 모든 것을 맡기는 것이 맞을지도 모르겠다.

내밀한 그리움을 그리움 속에 순수하게 담아둔 채

이별하는 것이 맞을지도 몰라.

어차피 사랑했던 진실은 변하지 않으니까.

해가 뜨고, 해가 지고,

또 해가 뜨고, 해가 지고,

그렇게 셀 수 없이 많은 날들이 지난 후

길거리에서 우연히 마주친다면

환하게 웃으며 지나가길 바라.

너도 나처럼.

환하게 웃으며 지나가길 바라.

너도 나처럼.

더 이상 얘기할 수 없고

볼 수 없는 너를,

너의 모든 것들을 지금, 내 마음속에 담아

간직할게.

여전히 사랑앓이인지, 이별앓이인지 분간이 가지 않지만

다 잃고, 다 무너진 것처럼 아프고 두렵거든.

한 손은 여전히 너를 잡고 있지만,

그만할게.

어쩌면 시간도 지우지 못하는 추억일지 모르지만

지금은 보내줄게.

너를 사랑하던 나도, 나를 사랑하던 너도

추억 속으로 밀어 넣을게.

잘 가라, 내 사랑.

흔들리는 밤

날을 꼬박 샜다.

아픈 건지, 외로운 건지, 의심이 되는 건지,

속상한 건지, 두려운 건지, 가끔 흔들릴 때가 있지.

많이 흔들릴 때는.

제발 나 좀 잡아달라고 매달릴 때가 있지.

버둥대고 휘청거리다가도 중심은 잡는 것도 나인데.

잡아달라고 애원할 때가 있어.

심하면 평행선 걷고 있는 느낌이 들지.

뜬구름 잡고 있다고 생각하게 되지.

그리움을 그리움으로 받아들이고.

외로움을 외로움으로 받아들이고.

고독을 고독으로 받아들이면 된다고 하는데,

난 왜 이렇게 힘들까.

이성보다 감정의 지배가 강한 탓일까.

혼자 넋두리로 밤을 지샌다.

달이 있어 더욱 슬픈 밤,

오기로 한 네가 오지 않은 이 밤,

나에게 퍼부었던 모든 것들,

달콤했던 모든 것들이 악으로 변한다.

가시 같은 생채기가 되어 심장에 박힌다.

사랑은 그저 감정에 지배당해서일까.

아니면 너의 모든 상황들을 받아들일 수 없어서일까.

흔들리고 비틀거린다. 오늘따라.

많이 그리워서일까. 잔뜩 기대를 많이 해서일까.

내 맘이 흔들린다.

그래, 약속은 이루어지기도, 이루어지지 않기도 하지.

그걸 받아들이면 쉬운데 아직은 힘들다.

그래, 진실이 변하는 건 아니니까.

내 맘도 이렇게 흔들거리며 완전한 중심을 맞춰가겠지.

우리 관계에 대한 균형점을 찾기 위한 과정일 거라 믿어.

스스로 위로해도, 여전히 슬프다.

그럼에도 불구하고 여전히,

뻗치는 그리움은 다시 심연으로 빠져든다.

너를 향한 사랑에 대한 보편적 진실,

주말에 다시 만나면 욕심 가득한 감성이 아니라

반듯하고 투명한 이성으로 다가갔으면 해, 우리.

이별, 나를 찾아
유랑할 것이다

통화음이 뇌리에서 벗어나는 순간
달칵 하고 문이 닫힌다.
쏟아내고 싶은 모든 말을 삼켰다.
마지막으로 하고 싶었던,
"사랑해"란 말은 삼키고 "잘 살아"로 대신했다.
이유는 부질없기에.
이별이다. 끝이다.
내 안에 머물던 모든 걸,
억지로 마음 밖으로 밀어낸다.
나 혼자 방 안에 다시 갇혔다.
나를 가두고, 내 마음을 가둔 채
문을 잠갔다. 아무도 돌아오지 못하도록.

아니, 마음까지 잠갔다.

곧 사방이 어두워지고,

사물을 분간할 수 없는 곳,

한 줄의 빛도 용납하지 않는 곳에,

나는, 내 마음은 갇혔다.

잠깐 후각으로 더듬어 보지만 잡히는 건,

나를 떠난 너 그리고 사랑뿐.

너를 잃으니, 사랑을 잃었고

사랑을 잃으니, 네가 떠났다.

그리고 난 의도적으로

문을 잠갔고, 문이 잠기니,

마음까지 닫혔다.

나는 너를 잃었고, 사랑을 잃었다.

결국 난 다시 빈집에 갇혔다.

아니, 강제로 가두었다.

현재를 인내하는 유일한 수단이기에.

침묵할 것이다. 오래도록.

내밀한 곳에 숨어있는,

또 다른 나를 찾아 유랑할 것이다.

꼿꼿이 일어설 때까지.

숨어 우는
그리움 1

길 위에서 길을 잃었다.
그리움은 정말 먼 곳에 있나 보다.
양파 껍질 벗기듯
기다림 하나 벗겨 보니 무언가 숨어 울고 있다.
더 많은 기다림이 켜켜이 숨어 울고 있다.
욕심내서 행복했던 사람.

내 사람이기를 간절히 빌었는데,
너무 일찍 찾아온 이별 앞에서 목이 멘다.
한 사람이 떠나가도, 더 많이 사랑한 사람은,
여전히 그 공간 속에 갇힌다.
사랑한 사람의 이름을
심장에 문패처럼 걸고 살게 된다.
추억이 아닌 기억 속에서
영원히 숨 쉬는 것처럼.
그리운 사람을 잃을 수 있는 건,
때가 정해져 있지 않다는 것.
지킬 수 있을 때 지켜야 한다는 것을,
이별이 찾아온 순간 알았다.
행복하면 좋겠다.
모두가 더 이상 아프지 않길 바란다.
그 누구도.

숨어 우는
그리움 2

당신에게 가는 길 위에서 길을 잃었다.
얽히고설킨 길들이 너무 많아 비틀거렸다.
미처 전하지 못한 말들이
아쉬운 과장법이 되어 바람에 흩날리고,
늦은 후회가 길을 막으며 말했다.
"지나온 모든 길을 잊으라고.
바람이 된 길이든, 별이 떨어진 길이든,
그래야 새로운 길을 만날 수 있다."
사랑이 아니라 믿었던 것들이
샘물처럼 솟아나 생채기를 낸다.
뇌는 이러면 안 되는데 하면서도
몸은 그쪽으로 기울어진다.
심장까지 비틀거린다.
그와의 적당한 거리는 어디쯤일까.
오늘도 맘속으로 조용히 안부를 묻는다.
잘 지내는지, 아픈 데는 없는지.
혼자 되묻는다.

어떤 인식

곳곳에 당신의 흔적이 있어요.
어떤 책에는 약속 장소와 시간이 적혀 있고
어떤 CD에는 당신이 녹음한 노래가 있어요.
내 몸과 영혼은 당신만을 인식하고 기억하고 있어요.
I wonder if you remember me.

그날이 오면

돌아보니 생이란 반나절 햇살처럼 무척 짧았다.
두 뺨을 붉게 물들일 만큼 찬연한 봄도 있었고,
땀을 뻘뻘 흘리며 암흑의 밤을 통과해야만 했던
끔찍한 여름도 만났다.
열심히 살다 보니 이렇게 익을 것은 익고,
떨어질 것은 떨어지는 가을을 만나게 되었다.
여전히 가늠할 수 없는 운명을 생애 첫날인 양
마음으로 끌어안으며 건너야 마침표가 아름다운 겨울을 만나리라.
그때, 그곳에서 치열하게 사랑하고 살아냈던 내 자리에는
눈이 내리고 얼어붙은 눈 위에 또 눈이 쌓이리라.
누군가 내가 머무는 자리를 지나가며
'당신, 참 멋진 삶을 살았어'라며 고개를 끄떡여주면 좋겠다.
그날을 위해 남아있는 시간들을 찬연히 보내리라.

이제는

이제는 잘 안다.
'시간의 길이'는 중요하지 않다는 것을,
중요한 건, 그 시간을 '함께 하는 사람'이라는 것을.
이제 난, 그 사람과 함께 하는 시간만 이곳에 남기리라.

애정이
떠나가고 있다

얼마나 그리웠으면
밤새도록 퍼붓는 엄청난 천형을 견디며,
터지는 희미한 빛이 애써,
빛을 끌어모으지만 소용이 없다.
얼마나 고단했던지 전신주에 힘없이 걸려 있다.
온몸을 달군 그리움 하나
'툭' 건드리기도 전에 뛰쳐나간다.
그 뒤를 몸도 따라 나간다.
구두 뒷굽이 부러질 정도로 헤매었다.
문밖에 서 있는 당신은 누구냐고,
야윈 햇빛에 묻고 또 물으며 헤매었다.
몹쓸 구름이 순식간에 몰려와 얼음비를 뿌린다.
그리움은 직립보행을 하며 터벅터벅 걸어간다.
시야를 벗어나고 있다.
내 생을 뜨겁게 물들이던 애정이 떠나가고 있다.

내 삶의
전부였던 사람

한때 기다림이 삶의 전부였던 적이 있었습니다.
흩어진 기다림의 그림자를 한곳으로 모으면,
숲을 가득 채울 것입니다.
그러나 지금은 그 기다림조차 추억이 되었습니다.
그립던 기억들이 죽음의 저편에 서 있으니까요.
그러나 여전히 누군가 당신을 향한 연가를 부릅니다.
빠짐없이 되살아나는 애정이 희미한 언덕을 만듭니다.
한때 내 삶의 전부였던 당신,
달달한 대지의 맛에 길들여진 나뭇잎은
시월의 숲을 떠나지 못하고 있습니다.
뿌리내린 나무가 되어 부둥켜 울었던,
자작나무 숲에서의 당신과 나처럼.

기다림의
장례식

정말 퇴로는 없을까요.
수백 번을 생각하다 선택한 것인데,
지금은 혼돈의 도가니 속에 빠진 듯합니다.
어둠에 갇혀 더 이상 나뭇가지를 흔들지 못하니 참 외롭습니다.
희미한 철길에는 서울행 막차가
막 플랫폼을 들어오고 있습니다.
그리운 사람을 가득 태우고 고단한 듯
기침 소리를 내뿜으며 들어옵니다.
기차를 향해 어떤 여인은 연분홍빛 스카프를 흔듭니다.
휩쓸려 내리는 탑승객 중에는
내가 기다리는 당신은 없었습니다.
토요일이면 늘 막차를 타고 왔던 당신은
끝내 보이지 않았습니다.
나는 이번 주에도 당신을 만나지 못했습니다.
이 기다림의 장례식은 언제가 될지 정말 모르겠습니다.

추억이
길이 되어

이제는 이별을 노래할 시간입니다.
푸른 나무에서 연거푸 눈물방울이 떨어집니다.
당신을 노래했던 페이지를 덮어야 합니다.
당신을 마중했던 7-1번 마을버스는 타지 않겠습니다.
이제 버스 정거장을 오가며 쓸쓸한 마중을 할지도 모르겠습니다.
그럴 때마다 나는 말랑한 새끼손가락을 깨물 것입니다.
어떤 날에는 버스 정거장을 마음속에다 옮겨놓을지도 모르겠습니다.
오늘처럼 모든 추억이 길이 되어 내게로 흘러올 때에는.

형벌을
감할 수 있다면

깊은 곳으로 더 깊은 속으로 들어갔습니다.
그곳은 당신의 심장 언저리에 도착했습니다.
욕심내어 내려갔는데 당신은 그곳에 있었습니다.
멀리 간다고, 갈 거라 했는데
당신은 그곳에 있었습니다.
밀려가고 쓸려가면서도 내 곁에 있는 당신,
나는 기어코 당신을 놓지 않겠습니다.
내 기다림 뒤에 늘 말없이 서 있는 당신,
오늘 처음으로 울고 또 울고 있는 당신을 보았습니다.
나의 웃음이 당신에게 이토록 큰 형벌일 줄 몰랐습니다.
속죄의 내 눈물이 당신의 형벌을 감할 수 있다면 좋겠습니다.

길은 내게 잊으라
합니다

길은 내게 잊으라 합니다.
부르지 않아도 느닷없이 나타나는 추억도,
슬픔으로 덧칠된 아스라한 이름도,
그대 흰 손에 갇혀 전율하던 몸짓도,
다 잊으라 합니다.

바람이 되던 길도,
별이 떨어지던 길도,
달빛이 쏟아져 내리던 길도,
모두 잊으라 합니다.
라흐마니노프를 들으며
더 낮게 내려가라 합니다.

그리고 아무도 가지 않은
새 길을 찾으라 합니다.
3인칭의 타인이 아니라
2인칭의 당신으로 살라 합니다.
사무치는 그리움을 폭죽처럼 터뜨려 별이 되라 합니다.
단 하나의 선명한 무엇이 되라 합니다.

거리의
악사가 되어

꽃 그리고 꽃잎, 마지막 인사로 긴 포옹을 했어요.
웃음을 파열하던 당신과 나,
애정하던 그 모든 내용을 나무 기둥에 새겼죠.
마침내 시간은 흘렀고 늙은 나무는 멈추었어요.
살면서 누군가를 죽도록 기다렸죠.
미치도록 애정하고, 지독하게 외로워하고
잔혹하게 기다려왔죠.
꿀물인 양 애정을 꾹꾹 빨아먹었어요.
결국 종점, 끝 사랑에 서 있어요.
여기까지 와보니 애정도 찰나였죠.
때로는 헐겁게, 때로는 치열하게 앓았던
애정의 선線들을 거의 다 불러다 앉혔어요.
더 이상 애정하지 않아도 될 만큼 붉게 물들어버렸죠.
꽃 그리고 꽃잎, 마지막 인사로 따뜻한 포옹을 했어요.
나는 번화가 뒷골목, 거리의 악사가 되어 나를 연주할래요.
웃으며, 행복하게 말이죠.

'큰일을 이루기 위해 힘을 주십시오'라고 기도했더니
겸손함을 배우라고 연약함을 주셨다.
많은 일을 해낼 수 있는 건강을 구했더니
보다 가치 있는 일을 하라고 병을 주셨다.
행복해지고 싶어 부유함을 구했는데
지혜로워지라고 가난함을 주셨다.
세상 사람들의 칭찬을 받고자 성공을 구했더니
뽐내지 말라고 실패를 주셨다.
삶을 누릴 수 있게 모든 걸 갖게 해달라고 기도했더니
모든 걸 누릴 수 있는 삶, 그 자체를 선물로 주셨다.
구한 건 하나도 주시지 않았지만
내 소원을 모두 들어주셨다.
하느님의 뜻을 따르지 못하는 삶이었지만
내 마음속 진작 표현 못한 기도는 모두 들어주셨다.
나는 가장 축복받은 사람이다.

- 프란체스코 〈기도〉

먼 훗날

먼 훗날
당신에게 기억되는
단 한 사람이 나였으면 좋겠습니다.
좋은 사람으로
먼 훗날
당신이 다시 만나고 싶은
단 한 사람이 나였으면 좋겠습니다.
사랑하는 사람으로
먼 훗날
당신이 잊지 못하는
단 한 사람이 나였으면 좋겠습니다.
후회하는 마음으로
먼 훗날
당신이 빚을 갚아야 할
단 한 사람이 나였으면 좋겠습니다.
미안한 마음으로

- 김정한

세르반테스

로마는 하루아침에
이루어지지 않았다.

Rome was not
built in a day.

—————————— 4

생의 성숙은
천천히 이루어진다

산다는 것은 기다림과
여행하는 것이다

산다는 것은 무언가를 끝없이 기다리는 것이다. 눈을 뜨면 사랑하는 사람, 미운 사람, 만남부터 이별까지를 기다려야 한다. 그 기다림이 기쁨을 주기도 하고 고통을 주기도 하지만 기다림은 피할 수도 거부할 수도 없다. 아마 그것은 신이 내린 아름다운 선물일 수도 있고 가장 고통스런 형벌일 수도 있다. 죽기 전까지 계속되는 기다림이다. 가진 자나 가난한 자, 권력이 있는 자나 없는 자, 모두 공평히 짊어진 과제인 것이다. 때론 짧은 기다림으로 생을 마감하는 이도 있고 때론 긴 기다림을 살아가는 사람도 있다. 하지만 기다림은 사람이나 동물이나 자연 모두가 자신의 일생을 마감할 때까지 계속된다. 피할 수 없는 운명처럼 우리는 기다림 속에서 울고 웃는다. 맛있는 것을 먹으며 즐거워하고 기뻐하기도 한다. 이 세상의 모든 것은 기다림 속에서 일어나는 작은 일일 뿐이다. 그래, 산다는 것은 기다림을 만나는 것이다. 죽는 날까지 기다림과 여행을 하는 것이다. 산다는 것은 기다림과 여행하는 것이다.

-김정한

생의 성숙은
천천히 이루어진다

불우하게 살다가 생을 마감한 화가 고흐가 말했다.
'산다는 것은 걸어서 별까지 가는 것'이라고.
생각해보면 인생이란 그런 것 같다.
4킬로그램도 안 되는 가벼운 몸,
텅 빈 영혼으로 세상에 나와 더 갖기 위해
더 높은 곳을 향하여 치열하게 몸부림을 치며
하나둘 욕망을 채워간다.
어찌 보면 산다는 것은 덧셈, 뺄셈, 곱셈, 나눗셈과 같은
사칙연산의 조합이라는 것.
더하고 나누고 빼고 곱하기를 수없이 하며 웃고 우는 날의 연속,
채우고 비우는 과정에서 '한계'라는 높은 벽에 부딪친다.
한계에 부딪치면 '삐' 하고 경고음이 나와 일시정지가 된다.
벽을 만난다는 것은 신이 인간을 만들 때
능력의 한계라는 칩을 심장 가까이에 내장해둔 것 같다.
한계에 부딪치면 힘든 과정을 경험하지만,
한계를 뛰어넘어야 한다.
한계가 어디까지인지 모를 만큼 도전해야 한다.

생은 하루아침에 이루어지는 것이 아니라 천천히 성숙되어 가기에.

생은 수많은 욕망을 향한 도전, 거기에서 파생되는 실패,

후회와 좌절, 망각과 사랑을 거쳐 천천히 성숙되어 가는 것이다.

다 내려놓아야, 생각과 몸으로 단순화되어야 훨훨 난다.

그러니 아무리 발버둥 쳐봐도 소용없다.

생의 성숙은 천천히 이루어진다.

다시 말해, 걸어서 별까지 가야 하기에.

카르페 디엠
carpe diem

사실 '카르페 디엠'은 라틴어로
고대 로마 호라티우스의 시 한 구절로부터 유래된 것이다.
영어로 번역하면 'Seize the day'가 되는데,
무엇을 하든 지금, 여기, 내가 하는 일에
즐겁게 몰입하면 되는데 말처럼 쉽지 않다.
온몸으로 기억하며
쓰고 또 노래하며 춤추어야 하는데 어렵다.
세상은 언제나 관습, 제도, 도덕이라는 이름으로 압박하기에
무엇을 하든 의문표부터 생각한다.
"이렇게 해도 될까?"
남의 시선부터 살핀다.
그럼에도 인간 세상에서 정회원이 되려면
시간의 주인이 되어 사는 것.

지금, 여기, 내가 하고 있는 일에 몰입하면 된다.
오늘의 시나리오를 신에 의지하지 말고
내가 쓰면서 엑스트라가 아닌 주인공으로 살자.
어제보다 더 꼼꼼하게
어제보다 더 뿌듯하게.
어제보다 더 즐겁게.
지금, 여기, 내가 주인이 되는
카르페 디엠carpe diem

그래서 떠났다

나는 뛰기 싫어 늘 지각했고
걷기 싫어 한 걸음 늦게 도착했습니다.
그래서 떠난 것 같습니다.
한때 간절했던 내 희망은.

아모르파티
Amor fati

창밖의 빗소리,

비 맞으며 춤추는 보랏빛 라일락,

창밖의 봄 풍경, 아늑하다.

그럼에도 나의 생은 왜 이렇게 고단할까.

서머싯 몸이 쓴 '인간의 굴레'에 나오듯.

열심히 공부해서 좋은 직장 잡고,

원하는 사람 만나 결혼하고,

아이를 낳아 잘 살도록 보살펴주고,

떠나는 것이 책임과 의무를 다하게 되는,

가장 완벽한 생의 무늬란 생각을 한다.

요즈음 내 맘대로 안 되는 일이 생길수록,

이럴까, 저럴까, 망설이며 수십 번 흔들릴수록,

운명론을 이야기했던 니체의 말이 떠오른다.

아모르파티Amor fati, 네 운명을 사랑하라.

심장에 각인되어 있는 것처럼 수시로 불쑥불쑥 튀어 오른다.

그래도, 힘내자.

아모르파티Amor fati

무언가를 이루기 위해 많이 도전했지만
실패해서 잃어버린 것이 많다고 생각했던 청춘,
그러나 얻은 것도 많다.
목적어가 빗나가 많이 서툴고 방황했어도
세상에 방목한 무수한 희망이,
현재의 나를 있게 했기에 많이 고맙고 행복하다.
눈물 속에서도 먼빛이 되어 보이는 내 청춘의 나라,
여전히 백일홍이 만발하고 여전히 아름답다.
우연이 필연이 된다면
바람에 흔들리며 꽃을 피우는 백일홍처럼
간절했던 그 희망의 흰 뿌리에 닿을 수 있으리라.
댓잎같이 푸르게 소나무처럼 당당하게 뿌리를 내리며
느릿한 나를 기다리고 있으리라.
슬픈 현실에 부딪치면
행복한 순간을 기억하며 꿋꿋이 버티지만
아픔도, 고통도, 절망도,
잠시 출렁이다 사라질 거라 믿으며 용기를 낸다.

고단했던 기억보다 즐거웠던 기억이 더 많기에
푸른 희망을 안는다.
가장 낯설고 낮은 곳에서 시작된 혼자만의 여행은
모든 것을 정지시키고 나를 돌아보게 한다.
가장 선명한 나의 모습을 불러내어
칭찬하고 꾸짖고 반성하고 참회하며
용서를 받고 또 용서를 구한다.
홀로 있는 이 순간이 가장 이성적인 민낯이다.
낯선 곳에서 홀로 밥을 지어먹고 또 혼자 잠을 자는 것,
그 안에서 간절히 찾던 '자아'를 본다.
거울처럼 투영되는 내 모습을 보고
울거나 웃거나 하면서 반성하고 참회하고
또 새로운 다짐을 한다.
더 나은 모습으로 변화하기를 꿈꾸며,
좀 더 멋진 곳을 향하여 출발한다.

푸른빛 희망을 만나러
정선으로 간다 2

여백이 많아질수록 새로운 도전은 늘어난다.
가장 '나 다운' 모습으로 태어난다.
가진 것들을 내려놓을수록 자유롭고
자유로울수록 더 많은 것을 얻는다.
내려놓는 것은 빼앗기는 것이 아니라
가장 필요하고 귀한 것을 얻는다.
멈추면 보이고 내려놓으면 얻게 된다는 사실
홀로 여행을 와서 많은 것을 내려놓았다.
부질없는 욕망과 쓸데없는 고민을 내려놓으니

천근만근 무겁던 몸도 새털처럼 가벼워진다.

몸도 마음도 자유로워

어디든 멀리 날아갈 수 있을 것 같다.

이 순간 활활 타오르는 섬광 같은 장작 불꽃이

푸른빛의 희망의 불꽃이 된다.

봄바람에 날아가는 불씨는

먼 곳으로 날아올라 반짝이는 별이 된다.

아메리카 인디언들,

살아 있는 모든 것을 '그대'라고 불렀듯이,

가족, 사랑하는 것들을 포함하여

뒤뚱거리는 비둘기, 풀 한 포기, 나무 한 그루,

살아있는 모든 것을 존중하며 아끼리라.

지켜야 할 것들을 욕심 부리지 않고 소중히 보듬으리라.

다시 고단한 일상이 찾아오더라도 오롯이 껴안으리라.

나와 가족을 위하여.

해답을
찾아서

삶에는 정답이 없고 해답만 있다.
삶의 목적어가 무엇이냐에 따라
삶이 정답이 되기도 하고 해답이 되기도 한다.
대부분의 사람이 해답을 찾아가는 이유는,
사람마다 추구하는 삶의 가치관이 다르고,
자신의 능력, 방향, 목적어가 다르기 때문이다.
어떤 이는 권력을 좇지만, 어떤 이는 돈을 좇고,
또 어떤 이는 명예를, 어떤 이는 이것저것도 아닌,
모든 것을 조금씩 섭렵하며 간다.
정답에는 옳고 그름만 있지만,
해답은 최선의 길도 있고 차선의 길도 있다.
어쩌면 정답은 거의 신에 가까운 선택이고,
해답은 보통 사람들의 선택이다.
정답을 찾아 아등바등 남들을 좇아가지 말고
해답을 찾아 즐기며 사는 것이 현명하다.

나를
돌아보는 시간

무척 오랜만에
나를 돌아보는 시간을 가졌습니다.
자꾸만 느슨해지는 마음을 잡아당겨
매듭을 묶어야 합니다.
정확하고 냉정하게 무엇보다도
선명하게 내가 나를 보도록.

2월은
환승역

어떻게 알았을까,
계절이 지나가는 순서를.
겨울이 가면 봄이 온다는 것을.
누가 정해 놓았을까, 꽃이 피는 순서를.
매화가 지면 진달래꽃이 핀다는 것을.
겨우내 누워 있던 봄이 산에서 들에서 일어서고 있다.
따뜻한 햇살에 얼었던 땅이 녹고
세상에 푸른빛이 감도는 걸 보니, 봄이 오고 있다.
2월은 환승역이다.
겨울과 봄이 공존하며 이별의 인사를 나누고 있다.
첫사랑에 대한 은밀한 고백을 노래한
쇼팽의 피아노 협주곡 1번도,
파릇한 생동감을 안겨주는,
슈트라우스의 봄의 왈츠도 생기를 찾는다.
겨울이 봄을 이길 수는 없는 법
자연은 예정된 순서順序에 따라 흘러간다.
가끔 계절의 순서가 바뀌어

꽃이 피고 지는 순서가 바뀐다면 어떨까.

순서가 흔들린다면 순간의 희열이
타성에 젖은 일상을 깨워주겠지.
넉넉한 성찰을 하며
한 번은 반성문을 한 번은 계획서를
길 위에 써 내려가겠지.
프로스트의 시 '가지 않은 길'에도 나오듯
아무리 잘살아도 돌아보면 후회는 남는 법.

지나온 삶의 궤적, 이만하면 되었다 싶은데도
턱없이 모자란 경우가 많았고,
이 정도면 충분하다 싶은데도,
차고 넘치는 경우가 있었다.

적당함이 애초에 없는 것인지도 모르지만,
그 넘침과 모자람의 경계를 선명하게 깨닫지 못했다.
두 번째 스무 살을 한참 지나오면서
모두가 넘치거나 모자랐던 기억뿐
그럼에도 그것이 해답일지도 모른다는 생각을 한다.

마지막
인사하는 날에는

걸어야 길이 되고 멈추어야 비로소 보인다는 것을,
조금 더 일찍 알았더라면 얼마나 좋았을까?
무엇을 하든 사유해야 무언가를 얻게 된다는 것을,
미리 알았더라면 적게 방황하고 흔들렸을 텐데.
늘 깨달음과 후회는 늦게 찾아온다.
앞으로 얼마나 많은 시간이 남아있는지 모르지만,
간절히 원하는 것들이 밀려왔다 쓸려갔다,
흐르다가 멈추다가 원칙을 깨며 춤을 춘다.
기억이 자꾸만 흐려지고 가난해지고 쓸쓸해진다.
그래서 꼭 붙들게 된다.
더 이상 놓치지 않기 위해.
간절하고 절박한 마음으로 붙들게 된다.
수많은 시간을 보내고 화려하게 떠오르는 해와
노을 진 석양이 편안해질 만큼 익숙해지고
돌이킬 수 없는 일들이 너무나 많아
억지로라도 어찌해서라도
마지막 인사를 하는 날에는 환하게 웃고 싶다.

한 걸음이 모여
내 길을 여는 것이다

삶은 매일 일어나는 일상이고
그 일상에 의미를 부여하며 살아야 한다.
'어떻게 살고 싶다, 어떤 존재가 되고 싶다'는
희망이 들어가야 삶의 목적어는 내 것이 된다.
인생이라는 것은 내 발길, 한 걸음,

한 걸음이 모여 내 길을 여는 것이다.

화가가 한 편의 그림을 그리듯이

시인이 행간을 넘나들며 시를 채우듯이

그려가며 써가며 완성하는 것이다.

시인 프로스트는 인생에는 두 갈래 길이 있다고,

두 길을 다 가지 못하는 것이 인생이라 했다.

누구의 인생이든 '빈손으로 왔다가 빈손으로 간다.'

하나의 원을 그리며 출발한 곳으로 되돌아간다.

두 개를 다 가질 수 없는 운명을 타고 태어난 존재,

하나를 얻으면 하나를 잃어야 한다.

결국 삶이란 외롭고 고독한 승부지만

나를 다스리며 현실에 최선을 다해 산다면

머지않아 나의 길과 멋진 해후를 하게 된다.

기억을 걷는 순간

가수 넬의 '기억을 걷는 시간'을 듣고 있노라면
아련한 추억에 잠기는 것이 아니라 가슴이 아리다.
모든 아름다운 것들은 그만한 대가,
고통이나 희생을 지불해야 얻는 것인지도 모른다.
고통 속에 피어난 꽃은 그 자체로 아름답지만,
현재가 비루할수록 지나간 기억도 고통스럽다.
그러나 분명 추억은 지나간 과거다.
아무리 아름답다 할지라도 현재진행형일 수는 없다.
그때 그 자리에서 끝난 기억의 흔적일 뿐이다.
새벽 종소리를 들을 때까지 잠 못 이루며,
그때 그곳을 걸어도, 희망의 출구를 찾지 못하면,
아무리 아름다운 추억도 아프도록 아리다.

눈 오는 날의
풍경

회색 빌딩 숲 사이로 첫눈이 펑펑 내린다.
한 쌍의 연인이 커피하우스 아래에서,
서로의 눈을 털어 주고 있다.
감색 바바리를 입은 남자가 여인의 뺨을 쓰다듬는다.
긴 생머리에 빨간색 트렌치코트를 입은 여인,
손바닥으로 얼굴을 가린다.
하얗게 반짝이며 떨어지는 해맑은 웃음,
세상이 환해진다.
웅크린 채 그들을 바라보는 외로운 판다가 된다.
나는 그리움을 앓는 판다가 된다.

기억의 창고에는
풍금이 있다

시골집에 가면 고장 난 풍금이 있다.
건반 여러 개가 소리가 나지 않는 50년 된 풍금이 있다.
어릴 적 나의 꿈과 욕망을 오선지 위로 데려가
부드러운 터치를 알게 해주던 풍금이었다.
가끔씩 풍금 앞에 앉으면,
건반을 누르지 않아도 아름다운 소리가 난다.
지나간 추억을 다 소환하여 내 앞에 불러 앉힌다.
풍금소리가 멎으면,
다시 어둡고 헛헛한 세상으로 걸어간다.
먼지투성이의 건반은 하얀색이었다.
푸른곰팡이가 수북이 내려앉아도 색깔은 바꾸지 못한다.
색깔이 변할까 봐 누군가 수시로 먼지를 튕겨버린다.
추억이 사라질까 봐 기억의 창고에 쌓인 먼지를 털어낸다.
푸른 미소를 가진 누군가가.

크리스마스 날에

밤새 불을 켜두고 기다렸습니다.
어두워서 넘어질까 봐
그냥 다른 집으로 지나갈까 봐
밤새 불을 켜두고 기다렸습니다.
그러나 산타클로스는 보이지 않았습니다.
하루 종일 마음이 편치 않았습니다.
더 정직하게, 친절하게, 배려하며 살겠습니다.
내년에는 꼭 산타클로스를 만나고 싶습니다.

그분의 말

헤어지고 2년을 방황하다가
점을 보러 갔습니다.
헤어질 수 없는 인연이라 했습니다.
헤어진 지 2년이나 되었는데.
여전히 나를 가두는 것은
헤어질 수 없는 인연이기 때문인가 봅니다.
내 삶의 내용을 알아맞히는 그분의 말처럼.

말의 본능

어떤 말은 몸으로 듣고
어떤 말은 마음으로 듣습니다.

가면을
벗어던지면

삶의 가면은 모든 것을 위태롭게 만든다.
흔들리고 방황하고 거짓을 감싸고 있다.
가면을 쓰면 자유롭지 못하고,
어울림이 부족해 외롭고 쓸쓸해진다.
누구나 처지와 형편과 고민에 따라
삶의 무게를 견디며 말하고 듣고 상상하며 정착해간다.
무거우면 내려놓으면 되고,
좀 가볍다 싶으면 올려놓으며 중심을 잡아간다.

모든 만남에는 배움이 있다.

내가 다른 이에게 또 다른 이들이 나에게 배우게 된다.

서로에게 웃음을 배웠든, 따뜻함이든,

삶의 무게와 슬픔이든, 삶의 그림자든,

무언가를 느끼며 깨달아간다.

그것이 인연에 대한 배움이다.

그러면서 우리는 성숙해간다.

어른으로 성장해간다.

그들도 나도

가면을 벗어던지면 유난히 따뜻하다.

그래서 오늘 하루가 행복하다.

자신감을 갖자

로마 시인 베르길리우스는 말했다.
"할 수 있다고 생각하기 때문에 하는 것이다."
사랑의 한계는 나에게 달려있다.
비록 내게 부여된 사랑의 용량이 생각보다 훨씬 작을지라도
노력한다면 많은 것을 갖게 되는 능력자가 된다.
자신감을 갖자. 현실에 무조건 타협하지 말고
용기를 갖고 도전하자.
7번 도전하고 실패해도 다시 도전하면
8번째는 쟁취할 테니까.
정성, 희생, 배려, 노력이라는 것이 조합이 된다면.

흐르는 강물처럼

고인 물은 썩지만 흐르는 강물은 썩지 않는다.
강은 자신을 내려다보는 높은 산과 부딪치지도 않고
오히려 거울이 되어 준다.
장애물이 가로막아설 때에는 물살로 성난 마음을 토해내고
더 넓은 바다에선 금빛 햇살에 보드라운 살결을 데우며
스스로를 정화하며 목적지를 향해 흘러간다.
마치 모든 것은 '흐르며 지나간다'는 것을 알려주듯
쉼 없이 아름다운 물무늬로 춤을 추며 흘러간다.
쓰다듬고 보듬고 위로하며 큰 바다를 향해 제 갈 길을 간다.
바다라는 최종 목적지를 향해 묵묵히 흘러간다.
인생도 마찬가지다.
실연, 실패, 결핍의 고통, 애달픈 사연,
가슴 아픈 눈물이라도 담아 두면 썩어 곪게 된다.
썩어 병이 되지 않게 조금씩 흐르도록 해야 한다.
세상 밖으로 전부 쏟아내야 한다.
후련해지도록 사람에게든, 자연에게든 토해내야 한다.
밖으로 나온 토사물은 날아가거나 흘러가게 되어 있다.
강물이 바닷물과 섞여 바다물이 되듯

삶의 토사물은 그 누군가의 위로로 다시 평온을 찾게 된다.
삶의 모든 조각은 하나로 섞여가며,
처음의 모습을 찾아야 수평을 이루게 된다.
삶의 수평, 그것이 바로 평온이고 행복이다.
흐르는 모든 것은 평화롭고 아름답다.

비상

산이 나무를 품었나
나무가 산을 품었나
풍경을 바라보며 마음으로 읽는다는 것은
내 자리를 정확히 깨닫고 있다는 것.
때론 고단하고
때론 환희에 찬 삶의 무늬도
흐르면서 성숙해가는 법.
눈앞을 막아서는 욕망에서 벗어나면
하얗게 높이 멀리 날아오를 수 있으리라.

산다는 것은
견디는 것이다

산다는 것은 견디는 것이다.

어제도, 내일도 아닌 오늘을 견디는 거다.

그것도 내 것만 생각하며 견디는 거다.

지금 이곳, 내가 하는 일, 내 앞에 있는 사람을 죽도록 견디면 된다.

단 한 번의 생이다. 그리고 누구나 떠난다.

부여잡고 싶은 것도 예정된 수순에 따라 떠난다.

헛헛한 것, 그게 생이다.

가슴 미어지는 일이 있다가도 천연스레 웃음이 나는 것,

힘없이 비틀거리다가도 안간힘을 쓰며 기어이 살아내는 것,

견뎌내야 하는 것, 그것이 생이다.

못 견디겠다며 소리치다가도 숨 고르며 다시 일어나는 것,

아리고 쓰리다가도 달콤한 무엇이 있기에 더 간절한 것,

그래서 힘들어도 견디는 거다.

무엇이든 넘치면 다친다.

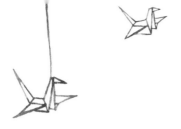

하늘 높은 줄 모르고 차오르던 욕망도 넘치면 추락한다.

한여름 모진 비바람에 땅속으로 찬연히 쏟아지는 푸른 나뭇잎처럼

채 꽃피워 보기 전에 추락한다.

저와 닮은 허영의 그림자만 남긴 채.

그러니 내 몫만, 내 것만 바라보고 죽도록 견디면 된다.

쉬운 일만 하려고 하면 인생이 힘들어질 것이다.

힘든 일도 하려고 하면 인생이 쉬워질 것이다.

생각에 휘둘리지 말고, 당신이 생각을 휘둘러라.

지금부터는 예전의 마음이 대장이 아니라 당신이 대장이다.

당신에게는 마음을 통제할 힘이 있다.

부자는 "내 인생은 내가 만든다"고 믿는다.

가난한 사람은 "인생은 우연이 만든다"고 믿는다.

어려움 앞에서 움츠러들거나

문제를 없애려 하거나 피하려고 해서는 성공할 수 없다.

어떤 어려움이 닥쳐 그보다 강해질 수 있도록

자신을 키우는 것이 성공의 비결이다.

– 하브 에커

링컨

I am a slow walker,
but I never walk
backwards.

나는 느리게 가는 사람이다.
그러나 뒤로 가지는 않는다.

——————— 5

나는 느리게 가는 사람,
그러나 뒤로 가지는 않는다

우리의 내부에는 늘 두 가지의 소리가 있다.

하나는 마음에서 나오는 소리,

다른 하나는 육체에서 나오는 소리이다.

양심은 마음에서 나오는 소리이며,

정욕은 육체에서 나오는 소리이다.

육체의 소리는 쾌락을 찾고,

마음의 소리는 의무를 찾는다.

육체의 소리는 물질을 탐하고,

마음의 소리는 맑고 깨끗한 것을 원한다.

육체의 소리는 거칠고 빡빡하지만,

마음의 소리는 부드럽고 연하다.

육체의 소리는 악의 뒷골목으로 가자고 하고,

마음의 소리는 밝은 큰길로 가기를 원한다.

- 루소

오늘도 여전히
너를 걷고 있다

겨울 월광 속의 여운.

만날 순 없지만, 느낄 수 있는 네 마음은 아마 달빛일 거야.

싸늘한 내 심장 겨울 달빛 받아, 그 달빛 닮은 내가 너에게 간다.

내 마음이 네 마음을 향하여 걸어간다.

조용히 네 마음 앞에서 노크를 한다.

'똑똑'

너는 수줍은 미소로 나를 맞는다.

미소도 은은한 달빛을 닮았다.

기꺼이 가장 내밀한 내 마음을 내어 준다.

달빛에 물들어 나도 함께 환해진다.

빛난다. 맑아진다. 가벼워진다. 편안해진다.

그렇게 우리는 어둠을 헤치고 구름 위를 걷고 있다.

그렇게 우리는 서로를 비추며 물들고 있다.

무엇으로 가늠할 수 없이 스며들어 하나가 된다.

이 순간만큼은 내 감정은 실재하는 사실이고 진실이라는 것.

오늘도 여전히 너를 걷고 있다.

빛, 돌려줄 수밖에

별빛, 달빛, 햇빛 그리고 내가 받은 세상의 빛까지.
모두가 나를 이롭게 했다.
그렇게 나는 너무나 많은 것을 당연히, 무심히 받았으니.
이제는 돌려주리라.
한 뼘, 한 뼘 무심히 자라
나를 이롭게 해서 이만큼 살게 해준

햇빛, 달빛, 별빛 그리고 너의 빛까지
세상으로 돌려주리라.
받았으니 다시 돌려줄 수밖에.

가질 수 없는,
이루어질 수 없는

단 한 번의 스침으로
오래도록 사랑에 빠졌다는 환상에 사로잡힐 때가 있다.
영화 '설국'에 나오는 요코와 시마무라처럼
셰익스피어의 '로미오와 줄리엣'처럼
때로는 가질 수 없는, 이루어질 수 없는
타들어 갈 듯한 미친 사랑이
더 애틋하고 아름답다.

마음이 다 자란 어른이 되기까지

살면서 안 되는 것을 외면하지 않으니 아프더라. 살면서 바꿀 수 없는
것을 바꾸다 보니 웃음이 나더라. 살면서 견딜 수 없는 것을 죽도록 견
디다 보니 눈물도 나더라. 변하는 것을 포기하지 않으니 '나 다운' 나를
만나게 되더라. 무無에서 유有로 채우다 보니 다시 유有에서 무無로
비워가는 어른이 되더라. 마음이 다 자란 어른이 되더라.

어린 잎새

견디지 못한 푸른 잎새가 우수수 떨어진다.
잎새 위에 포개고 또 포갠다.
아픈 포옹이다.
채 피지 못한 어린 잎새 사정없이 추락한다.
땅과 어린 잎새의 슬픈 눈맞춤,
폭신함보다는 아리는 슬픈 포옹이었다.
어린 잎새는 무엇이 되어, 어디로 가는 걸까.

오늘만큼은

빗속을 뚫고 나오는 죽비 소리가 심장을 후벼 판다.
부처님 오신 날,
산사 마당에 고인 물줄기가 강을 이룰 것 같다.
죽도록 사랑하고도 외로운 것은
가슴으로 우는 내 영혼이 당신 심장에 닿지 못해서인가.
갈대처럼 흔들리는 내가 대나무처럼 강인한 네가 되고 싶다.
오늘만큼은.

두 시와 네 시 사이

지칠 줄 모르고 빠르게 움직이던 세상이 조용해진다.
두 시와 네 시 사이, 잠시 쉼표를 날리며 멈추어 서 있다.
지나간 오전의 시간과 다가올
저녁의 시간을 기억하고 상상하는 걸까.
놓친 시간에 대한 늦은 고백과
다가서지 않은 시간에 대한 눈인사일까.
가끔은 말로 표현 안 되는 것들을
시간이 대신해줄 때가 있다.
세상이 조용히 멈춘 듯 한가한 두 시와 네 시 사이처럼.
영어교재보다는 릴케의 시가
진 토닉보다는 레몬티가
커피보다는 홍차가 어울릴 것 같은,
오후 두 시와 네 시 사이 여백이 있어 좋다.
이 또한 지나가겠지만.

생의
한가운데에서는

눈의 저울에 달고 슬퍼하지 않기를
마음의 저울에 달고 기뻐하기를
궁핍하도록 절약하여 결박할 계획 같은 것 하지 않기를
익숙한 습관에 의지하여 평화롭기를
결핍이 지독하여 궁핍이 되더라도
행인을 만나 울기보다는 더 많이 웃기를
사랑에 빠지고 이별하고 또 사랑하고
반복되는 생활에 무뎌질 만큼 익숙해지기를
삶의 수레 위에는 묵직한 것들이 오르내릴 때
아주 가끔은 뒤에서 밀어주는 행인을 만나기를
수레바퀴가 빠질 때 능력의 한계에 욕심내지 않기를
덜어내고, 덜어내어
내 욕망의 수레를 끌어가기를
생의 한가운데에서는 제발 그렇기를

궁금하다

우리는 시간 속의 여행자
시간이라는 열차 안에 타고 있는 손님이다.
나를 사랑한 당신도, 내가 사랑하는 당신도.
나의 목적지는 '당신'이라는 역인데
당신의 목적지는 어디일까.
지금 그게 궁금하다.
나는.

끌어당김의 법칙

론다 번이 쓴 'The secret'에 보면
바라고 원하는 것은
'끌어당김의 법칙'에 의해 끌려온다고 했다.
사랑 또한 이 법칙에 적용이 될까.
몸과 마음이 하나가 되어 '끌림'으로 '당김'으로
그래서 '울림'이 되는 것, 그게 사랑일까.
때로는 달콤한 초콜릿처럼,
때로는 톡 쏘는 스파클링 와인처럼.

내가 사는 이유

사는 이유는 뭘까.
일상의 '모든' 순간을 만족할 수는 없고
만나는 '모든' 사람에게 기쁨을 주지는 못한다.
그럼에도 너는 나에게 나는 너에게 기쁨을 준다면,
그게 살아가는 '이유'가 되고 행복이 아닐까.

고정관념
내려놓기

'당신 아니면 안 된다'는
고정관념은 버려야 하는데
쉽지 않아요.
과거에 대한 '집착'도 버리고
반드시 '당신'이어야 한다는
집착을 버려야 하는데
여전히 어려워요.

본능에
충실할 뿐

외로움 속에서 고독 안에 평화를 느끼는 것이 사랑인가.
미각, 촉각, 후각, 시각, 청각을 하나로 묶어 버린다.
익숙한 향수, 익숙한 밥집, 익숙한 풍경,
익숙한 음악을 들으니 편안하다.
커피하우스에서 흘러나오는 익숙한 노랫말에 발길이 멈추었다.
Opus가 노래한 'Walking on Air'
'너무 걱정하지 말아요. 산다는 것은
구름 위를 걷는 느낌일 테니까.'
Don't care to much. Cause livin' is there
For walkin' on air.
그래, 산다는 것은 구름 위를 걷는 것처럼,
짜릿하고 흥분되고 설레지만,
알고 보면 쓸쓸하다는 것.
오롯이 본능에 충실할 뿐.

왜 내 맘대로
안 될까

마음에 우울비 내린다.
왜 내 맘대로 안 될까?
이렇게 하면 성공도 사랑도 쟁취한다며
위인들은 수많은 명언을 쏟아내지만
나에게만은 빗나간다.
왜 내 맘대로 안 될까?
한계 상황에 맞닥뜨린 날이다.
99% 노력해도 안 되는 일이 분명 있나 보다.
누구의 말처럼 내 생각만 한 걸까?
사랑? 무얼까?

가까이 갔다 싶으면 멀어진 듯하고
멀어진 듯 하면 또 내 앞에 멈춘 사랑.
컴퓨터도 매뉴얼대로 연습하면 작동이 쉬운데
사랑을 쟁취하는 데는 매뉴얼이 없다는 것.
그래, 누구 말대로 당분간 그 사람의 입장이 되어 노력하자.
'역지사지易地思之'
영어로 말하면 'Put yourself in my shoes.'
어쩌면 두 사람이 원하는 답을 찾을 수 있을지도 모르니까.
주말은 그도 나도 눈부신 '맑음'이었으면.

이 길의 끝은
어디일까?

온몸을 달군 상처 난 생각 하나 '툭' 건드리기도 전에
바람을 따라 뛰쳐나간다.
그 뒤를 몸도 따라 나선다. 한참 동안을 구두 뒷굽이
부러질 정도로 바람에게 길을 물으며 낯선 길을 헤매었다.
떨어질듯 말듯 벼랑 끝 난간을 두 손도 모자라
온몸으로 꽉 잡으며 떨어지지 않겠다며 버티던 날들.
차라리 떨어져 버렸으면.
오늘은 나도 이제 지치고 점점 미쳐가나 보다.
안개처럼 뿌옇게 차오르다 사라진 너는 무엇을 위해
수없이 피었다 졌는지.
꽃이 되고 싶었는지, 안개가 되고 싶었는지,
끝없는 물음표로 허공에다 묻지만 대답은 돌아오지 않는다.
이 길의 끝은 어디일까? 내가 가는 길의 끝은 어디일까?

취해 젖는
세상

9월, 꽃들이 춤춘다.

초록을 배경으로 빨강, 하양, 노랑의 꽃잔치,

하얀 메밀꽃, 샛노란 해바라기, 주홍빛 꽃무릇,

까만 밤하늘의 별까지 춤춘다.

사람이 걸어간다.

바람이 길을 낸 곳을 바람을 맞으며,

구릿빛 얼굴의 노인이 바람에 흔들리며,

수없이 대패질을 한다.

바다를 말리던 바람, 햇살,

염부의 지극정성이 하얀 소금 꽃을 피웠다.

염부와 소금이 하나가 된다.

염전이 환해지고 하얀 빛으로 춤춘다.

건너편 작은 산, 능선을 감싸며 활짝 웃는다.

염부도, 염전도, 세상도 푹 취해 젖는다.

묘연하지만

영화 '냉정과 열정 사이'에 나오는 말이 심장에 콕콕 박힌다.
'사랑이란 너무 열지 않아 지쳐 돌아가기도 하고
너무 일찍 열어 놀라 돌아가고
너무 작게 열어 날 몰라주기도 하고
너무 많이 열어 날 지치게 하는 거라고.'
서로를 만족시키는 적당함을 아는 이는 얼마나 될까?
나는, 그는, 세상 사람들은 묘연하다.
다만, 사랑에 대한 만족은 확신이라는 것.
흔들림과 수많은 의혹을 거부할 만큼의 확신,
그 경계에서 누구나 선택의 중심에 서게 되는 거다.
왼쪽, 오른쪽, 어떤 선택을 하든
내가 정한 궤도를 이탈하지 말 것,
더 큰 후회와 아쉬움을 남기지 않으려면.
새벽 2시.
풀냄새가 나는 커피가 방 안을 가득 채운다.
입가에 맴도는 풀꽃향이 참 좋다.

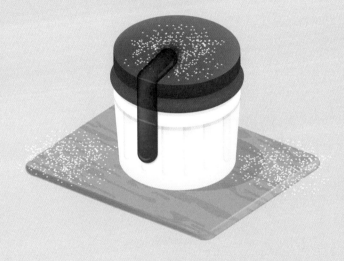

이 디 로
가 야 하 나

돌아가리라.
돌아가리라. 다짐하면서
펑펑 내리는 눈을 맞는다.

걸어온 길이 보이지 않는다.
걸어갈 길도 보이지 않는다.
그칠 줄 모르고 쌓이는 눈을 바라보며
혼자 중얼거린다.

'어디로 가야 하나!'

오늘도 양날의 칼을 대하듯 하루가 저물었다.
아침에는 희망했다가 저녁에는 절망했다.
아침에는 웃었다가 저녁에는 울었다.

질긴 그리움

잊는다 해도 지운다 해도
잊히지도 지워지지도 않는 것이
질긴 그리움이지.
시간의 그물망에 걸려있는 찌꺼기 같은 잔해들
잊지도 지우지도 못한 질긴 그리움이지.
어쩌면 이 질긴 정 때문에
이만큼이라도 버티는지도 몰라.
나를 살게 하는 힘은
잊지도 지우지도 못해
그림자처럼 따라다니는
질긴 그리움인지도 몰라.

과거 속에 나를
가두지 말자

과거 속에 나를 가두지 말자.
미치도록 오늘을 즐기자.
이별한 사랑에 집착할수록
미래의 사람을 만나기 힘들다.
헤어진 사람은 과거 속의 인물이다.
이제 놓아주자.
훌훌 털어내자.

용서하고 잊어버리자.

한 올의 머리카락이라도 털어내

그에 대한 기억을 모조리 삭제하자.

나를 아프게 하지 말자.

슬프다고 술로 풀지 말고

외롭다고 함부로 아무나 만나지 말자.

바보처럼 울지 말자.

과거 속에 나를 가두지 말자.

그럴수록 앞으로 나아가지 못한다.

바쁜 일상 속에 빠져들자.

충실하게 후회 없이 오늘에 몰입하자.

당당히 내일을 기대하자.

준비된 사람에게 든든한 사람이 찾아온다.

자신 있게 치밀하게 준비하며 기다리자.

그때는 왜 몰랐을까

죽을 만큼 사랑을 하여도 놓아야 할 때가 있고, 죽도록 사랑하여도
고독은 피해갈 수 없다는 것을 사랑을 하면 사랑할수록
고독은 깊어가는 병이라는 것을 그때는 왜 몰랐을까.

사랑해서
행복하다는 말

사랑은 사람을 뛰게 만든다.
함께 원하는 것을 향해 달리고 춤춘다.
떠나고 난 후에도 몸이 기억할 정도로 깊숙이 각인된다.
사랑은 너를 향한 사색이다.
사랑은 나를 위한 기쁨이다.
사랑은 둘이 하나 되기 위한 거룩한 고통이다.
눈길, 손끝, 몸짓에 흔들리는 무도회다.
꿈을 꾸듯 새처럼 환희하고,
애증의 화살을 날리다가 레테의 강을 건넌다.
가장 완벽하고 행복한 사랑은
단 1분을 함께 해도 웃을 수 있는 사람.
가장 슬프고도 비겁한 사랑은
수백 명을 기쁘게 해주면서도
단 한 사람을 외롭게 하는 거다.
누구나 꿈꾸는 사랑은 몸이 마음을,
마음이 몸을, 내가 너를, 네가 나를 웃으며 탐험하는 것,
충분히 만족할 수 있도록.
그런 경험을 많이 해야 사랑해서 행복하다고 말할 수가 있다.
사랑의 단단함도 반복학습이라는 사실을 명심하며
끊임없이 온몸이 기억하도록 노래해야 한다.

월광月狂에 물들고

이효석은 그의 소설 '메밀꽃 필 무렵'에
메밀꽃을 이렇게 표현했다.
'흐벅진 달빛 아래 굵은 소금을 흩뿌려 놓은 듯'
그렇다. 진한 달빛을 품은 메밀꽃,
그것도 짙은 안개가 능선을 감싸는 새벽 2시.
소금을 뿌려놓은 듯 새하얀 메밀꽃,
은은한 향기는 첫사랑을 시작하는 설렘.
따뜻함, 촉촉함, 상쾌함 자체.
영혼까지 맑아진다.
내 발길을 꽁꽁 묶어둔 미술전람회에서 본,
최고의 수채화랄까.
새벽, 메밀꽃, 어둠, 월광月狂,
끌리는 것들은 마음을 움직인다.
예쁜 모습 흐트러질까 봐 눈길도 조심스럽다.
오묘하다. 신비롭다. 깊이 빠져든다.

내밀內密한
만족

웃다가 울다가 감정기복이 폭발한다.
지갑을 들고 나왔다.
발길을 따라 가겠노라며.
목적지는 책방.
눈길이 닿는 소크라테스, 무라카미 하루키,
알랭 드 보통의 글들이 뒤죽박죽인 뇌를 정리해 준다.
글의 힘, 작가의 힘, 책의 힘이다.
책은 역시 방향을 정확히 짚어주는
이정표라는 것,
테이크아웃 커피, 읽고 싶은 책,
푸른 잉크를 뿌려놓은 듯한

5월의 하늘, 눈도, 입도 즐겁다.

몸이 웃는다.

책방을 나오다가 간절한 기다림,

한 통의 기쁜 소식, 설렘이고 행복이다.

인생이라는 이름의 학교

영원한 고통은 없는 법,

그러므로 공평하고 아름답다.

축하의 선물로 빨간색 다이어리를 샀다.

무엇을 적을까 망설이다가

첫 페이지에 이렇게 적었다.

'무엇보다 자신을 사랑하기를.'

한 줄의 메시지를 적는 순간

아이에게 새로운 무엇이 열릴 것 같은 기분.

아이는 세상에서 가장 큰 기쁨.

잔잔히 밀려드는 행복감,

모처럼 느끼는 내밀한 만족,

집으로 가는 발길이 빠르다.

길을 만드는
아이들

T. S 엘리엇의 '황무지'에 보면,
4월은 잔인한 달이라고 했다.

'죽은 땅에서 라일락꽃을 피우며
추억에 욕망을 뒤섞으며
봄비로 잠든 뿌리를 일깨운다.'

어쩌면 망각의 눈에 덮인
동면의 겨울은 차라리 행복한지도.
4월, 뿌린 씨앗에 물을 주고 햇빛을 쏘이고
정성을 쏟아야 꽃이 피고 열매가 맺는다.
4월, 오로지 노력과 정성만이 최선이다.
자연이나 사람이나,
4월, 분명 혹독할 만큼 '잔인한 달'이다.
나 역시 하루 12시간,
텍스트와 행간을 넘나든다.
오늘처럼 작업하기 어려운 날,

포스트잇으로 쉼표를 찍고,

5분 거리의 초등학교 운동장으로 나간다.

학교 운동장이 넓어 보인다.

때마침 점심시간,

세상을 향하여 길을 만드는 아이들,

축구공 하나를 갖기 위해 춤을 춘다.

4월의 햇살이 쪼개지듯 쏟아져 내린다.

아이들의 얼굴에 빛이 난다.

4월, 잔인한 달이지만

학교 운동장, 아이들, 햇살,

상징하는 것들이 설렘, 꿈이다.

벤치 옆 키 작은 단풍나무

빨간 잎새 하늘거리며 방긋 웃는다.

보이는 풍경이 작은 천국,

편안한 몰입 더불어 행복하다.

길을 만드는
사람

정신 분석학자 에리히 프롬은
사랑을 이렇게 표현했다.
'사랑한다는 것은 관심을 갖는 것이며, 존중하는 것.'
어떻게 해야 둘이 함께, 춤추는 사랑을 할까?
권력, 돈, 명예가 대단하지 않아도 된다.
지독한 결핍을 느끼지 않으면 그만이다.
다만, 자존심을 내세우지 말고 표현하는 거다.
그리우면 그립다고, 보고 싶으면 보고 싶다고,
싫으면 싫다고, 좋으면 좋다고,
고마우면 고맙다고, 미안하면 미안하다고,
솔직하게 말하는 거다.
오로지 사랑을 위한 진실한 춤 자체일 때,
사랑은 빛이 나고 아름답다.
사랑은 움직이는 동사, 망설이다가 놓친다.
나의 전부가 완전 능동태로 움직일 때 빛난다.
서로의 가장 깊은 곳까지 파고든,
몸과 마음의 산책이 사랑이다.

시인 릴케가 연인에게 했던 말,

"5월의 하루를 너와 함께 있고 싶다.

오로지 서로에게 사무친 채."

이 말이 입술 밖으로 본능적으로 나올 만큼

지독해야 한다.

모든 것을 태워도

더 뜨겁게 타오르는 불꽃같은 사랑도 하고,

모든 것을 다 태우고 태워

한 줌 재로 남는 이별도 해봐야 깨달음이 깊다.

무엇이든 지독하게 걷고 또 걸어야 길을 만든다.

생의 주인은 남이 낸 길을 걸어가는 사람이 아니라

내 길을 만들며 가는 사람이다.

오래도록
사랑하는 법

나태주 시인이 그랬다.
'자세히 보아야 예쁘고
오래 보아야 사랑스럽다고.'

그렇다. 사랑에 빠지는 순간,
자세히 보게 되고 오래 보게 된다.
그리고 사랑을 발견한다.

사랑은 능동인 것 같지만 간절히 사랑하고
사랑받고 싶다는 '그'를 발견하는 순간,
모든 것은 '피동被動'으로 바뀐다.
그가 좋아하는 행동을 따라 하게 되고
그가 좋아하는 취향에 관심을 갖게 되고
그가 좋아하는 모든 것에 끌리게 된다.
비록 나와 정반대의 것들이라 해도
사랑하는 동안 '피동被動 모드'로 바뀐다.
내 의지와 상관없이 보게 되고 알게 되고 느끼게 되면서
그의 것들이 내 안에 스멀스멀 파고든다.
그래서 사랑은 능동이라기보다는,
'그'에 의해 끌려가고 지배되는 피동被動이다.
간절함의 사랑이라면 반드시 '피동被動'이다.
내 힘으로도 어쩔 수 없이,
그렇게 되는 것이 피동被動의 힘이다.
사랑할수록 나를 내려놓아야 한다.
낮은 곳으로 겸허히 내려앉는 꽃잎처럼.
집착을, 자존심을, 저울대를 내려놓아야
오래도록 사랑할 수가 있다.

여행

여행은 당신에게
적어도 세 가지의 유익함을 줄 것이다.
첫째는 세상에 대한 지식이고,
둘째는 집에 대한 애정이고,
셋째는 자신에 대한 발견이다.

나는 또 누구의
희망이 될까

애벌레가 나비가 되어야 훨훨 날아다니며
꽃들에게 사랑을 줄 수가 있고,
나비는 꽃의 희망이 된다.
애벌레가 그냥 애벌레의 삶으로 끝나기도 하고
인고의 노력 끝에 허물을 벗고 아름다운 나비가 된다.
인고의 노력, 난 지금 충실히 보내고 있는 걸까?
나는 또 누구의 희망이 될까.
리처드 바크의 '갈매기 꿈'의 조나단이 생각난다.
먹는 것보다 나는 것에 열정을 가지고 몰입했던
혹독한 좌절, 한계, 외로움을 극복하고
비행에 성공한 조나단.

'높이 나는 새가 멀리 본다'는
사실을 증명했던 조나단처럼
일도 사랑도 미친 열정으로 몰입하자.
1년 후 같은 후회를 하지 않도록.
고해성사하며 하루를 일기장 위에 올려놓는다.
사랑의 기쁨 때문에 웃음 한 줌.
일의 엉킴 때문에 후회 한 줌.
내일은 침착하고 진중하자.

운명인 듯

일요일 오전 10시.
60% 예정되어 있던 만남은 취소되고,
대학교 때 친구가 교통사고로 죽었다는
예기치 않은 소식이 날아왔다.
아주 오래전 주룩주룩 장대비 내리는 날,
친구랑 선운사 가는 길에 만난
초록빛깔의 무당개구리를 놀리던 일,
비를 맞으며 어린 동자승들과
탑돌이를 하던 추억을 뒤적이며
우울한 사색에 갇혀 아픈 방랑을 한다.
생은 양날의 칼인 듯,
희망했다가 절망하고,
울다가 웃으니 참 기이하다.
마타리 가느다란 꽃대 흔들리듯 흔들리며,
사정없이 비틀거리다가도
먼지처럼 떠돌지 않기 위해
마음속의 내가 "중심 잡자"고 외치면
있는 힘을 다해 중심을 잡으니까.

우연이랄까. 오후 3시,
라디오에서 흘러나오는 노랫말이 먹먹하다.

'Some roads lead forward.
Some roads lead back.
Some roads are bathed in white.
and some wrapped in black.'
어떤 길은 앞으로 이끌고,
어떤 길은 뒤로 이끈다.
어떤 길은 흰색으로 포장되고,
어떤 길은 검정색으로 포장되어 있다.

그래, 생은 이미 예정되어 있는지도 몰라.
오늘은 이런 일이 일어나고
내일은 저런 일이 일어나도록
정해져 있는지도 몰라, 운명처럼.
운명은 벗어날 수 없는 게 아니라
피할 수 있는데도,
홀린 듯 무작정 가게 되니까.
어쩌면 친구의 죽음도 운명인 듯.
무섭다, 운명이란 것이.

가지 않은 길

노란 숲 속에 길이 두 갈래로 났었습니다.
나는 두 길을 다 가지 못하는 것을 안타깝게 생각하면서,
오랫동안 서서 한 길이 굽어 꺾여 내려간 데까지,
바라다볼 수 있는 데까지 멀리 바라다보았습니다.

그리고 똑같이 아름다운 다른 길을 택했습니다.
그 길에는 풀이 더 있고 사람이 걸은 자취가 적어,
아마 더 걸어야 될 길이라고 나는 생각했었던 게지요.
그 길을 걸으므로, 그 길도 거의 같아질 것이지만.

그날 아침 두 길에는
낙엽을 밟은 자취는 없었습니다.
아, 나는 다음 날을 위하여 한 길은 남겨 두었습니다.
길은 길에 연하여 끝없으므로
내가 다시 돌아올 것을 의심하면서…….

훗날에 훗날에 나는 어디선가
한숨을 쉬면 이야기할 것입니다.
숲 속에 두 갈래 길이 있었다고,
나는 사람이 적게 간 길을 택하였다고,
그리고 그것 때문에 모든 것이 달라졌다고.

– 프로스트

외딴 나뭇잎이 되어 연가를 부릅니다

한때 기다림이 삶의 전부였던 적이 있었습니다.
뿔뿔이 흩어진 긴 그림자를 한곳으로 모으며,
숲을 가득 채울 것입니다.
먼 훗날 고독한 기다림이 아름다운 추억이 될 것입니다.
그리운 기억들이 행복의 저편에 손을 흔들 것입니다.
그러기에 기다림이 길어도, 혼자여서 외로워도,
여전히 누군가, 무엇을 기다리며 연가를 부릅니다.
결 고운 애정이 푸르른 숲을 가득 희미한 언덕을 만듭니다.
한때 삶의 전부였던 것들이 스치며 지나갑니다.
달콤쌉쌀한 맛에 길들여진 나뭇잎은
12월의 숲을 떠나지 못하고 있습니다.
저 혼자 외딴 나뭇잎이 되어 숲을 지킵니다.
뿌리내린 자작나무에 붙어 노래하는 외딴 나뭇잎,
꿋꿋이 버티며 노래하고 있습니다.
기억을 추억으로 만들며 무엇을 기다리는지,
긴 그림자 만들며 생이 끝날 때까지,
그곳에서 노래할 것입니다.
누군가, 무엇을 기다리며 연가를 부를 것입니다.

외딴 나뭇잎이 되어, 생이 멈추는 그날까지.

1판 1쇄 인쇄 2017년 11월 1일
1판 1쇄 발행 2017년 11월 6일

지은이 | 김정한
펴낸이 | 임종관
펴낸곳 | 미래북
편   집 | 정광희
표지 디자인 | 김윤남
본문 디자인 | 디자인 [연:우]
등록 | 제 302-2003-000026호
주소 | 서울특별시 용산구 효창원로 64길 43-6 (효창동 4층)
마케팅 | 경기도 고양시 덕양구 화정로 65 한화 오벨리스크 1901호
전화 02)738-1227 (대) | 팩스 02)738-1228
이메일 miraebook@hotmail.com

ISBN 978-89-92289-98-6   03810